Maria Pourchet

Rome
en un jour

Gallimard

Maria Pourchet est née en 1980. Elle est l'auteur de trois romans remarqués par la critique, *Avancer* (2012), *Rome en un jour* (2013) et *Champion* (2015), tous parus aux Éditions Gallimard.

Pour Audrey A.

Toit d'un hôtel, extérieur fin du jour

Trente-cinq mètres, douze étages émergés et je dirais deux sous-sols, bien sûr que c'est quelque chose, rapporté aux proportions de Paris. De là à parler de gratte-ciel, je ne sais pas. À mon avis, c'est simplement que vous n'avez pas l'habitude d'aller si haut. Je vous assure moi que douze étages, un velum et deux cents mètres carrés de terrasse, ce sont des choses qui se font, c'est même le tout-venant à cette échelle. Mettons que vous ayez un hôtel. Vous n'avez pas d'hôtel, nous sommes d'accord, mais imaginons. Vous avez un hôtel. Bon. Vous avez donc un peu de relations à la mairie. Un papier, un tampon, vous voilà autorisé à terrasser votre toit, pour peu qu'il soit plat. Le reste, c'est l'histoire de trois lampions, de quelques lattes en bois traité, ici ils ont pris du teck, de vous à moi, ils se sont trompés, la précipitation sans doute. C'est fragile, le teck, et ça fait salle de bains. Je vous conseillerais, pour ce que ça vaut, de partir sur un béton ciré. Alors, bien sûr, vous trouverez toujours quelqu'un pour prétendre que le béton ciré ça tache, qu'humide ça devient casse-gueule, que le béton ciré ceci, le béton ciré cela. En termes de sols, on n'a pourtant rien inventé d'aussi praticable depuis le granit. Enfin, c'est secondaire. Le vrai sujet, puisqu'on aborde sérieusement la question terrasse, ce sont les végétaux. Il s'agit d'être un minimum renseigné, de réfléchir, de voir une fois dans sa vie au-delà de la couleur du pot. Que sait-on à ce stade ? Que nous sommes dans les airs, que l'air est chargé, que notre végétal se prendra dioxyde d'azote sur monoxyde de carbone, sur que sais-je encore de dégoûtant. Voilà qui n'est pas à la portée du premier bananier venu. Le bananier parlons-en, on vous le colle à tous les balcons, c'est bien joli mais on ne lui rend pas service. Il n'est pas prévu pour la ville, le bananier, il crève. Et avant que vous me posiez la question, non. Non, le bougainvillier, le rosier grimpant, le forsythia, ce n'est pas beaucoup mieux. Une seule option à mon sens, le troène. Difficile de trouver plus facile à vivre que le troène, il n'a jamais besoin de rien, c'est presque un mystère. Il ne demande pas d'engrais, il ne demande pas qu'on lui fasse la conversation, il ne demande pas vraiment de soleil, tout juste un peu d'alcool à brûler en cas de charançons et encore. Maintenant, je ne vous oblige pas à me croire sur parole. Vous êtes libre de tenter autre chose, après tout, c'est votre terrasse. Le papyrus, c'est à la mode, par exemple. Vous pouvez tout à fait faire crever un papyrus ou deux, pour voir. Après ça vous retomberez sur du troène, je vous le signe, conclut Michel, caressant la broussaille quelconque qui se trouvait à sa portée.

Et il attendit pour en débattre que quelqu'un lui opposât un contre-argument recevable. Préférence pour le laurier, suggestion de pesticides naturels, points de vue divergents sur l'horticulture en général.

Personne. L'auditoire observait un silence assez global que Michel hésitait à interpréter comme une adhésion massive. Il fit alors valoir, comme ça, en supplément, que les troènes se trouvaient sur la terrasse au nombre de six, six troènes comme les voitures. Parfois un bon mot suffit à réveiller les conversations.

Toujours rien. Ce silence devenait désobligeant. Michel voulait bien que le calembour demandât une certaine disposition d'esprit, que l'on fût claqué, que l'on fût samedi, mais quand même.

Enfin quelqu'un se décida à en décrocher une, ce fut pour prononcer le titre d'un film récent dont chacun voulut soudain commenter le casting, un autre soumit deux noms japonais, un restaurant, un plasticien, de là on arriva on ne sait trop comment à la cérémonie du thé. Et ainsi de suite, arts de vivre, grand écran, voyages et avant-garde, avec une fluidité déconcertante, sans jamais passer par la jardinerie hors sol. Encore raté, songeait Michel, voyant s'éloigner à toute vitesse la possibilité d'une controverse botanique. Dommage. C'était un sujet vaste et conflictuel, très difficile à épuiser, qui aurait pu contenir cette assemblée dissipée jusqu'à l'arrivée de Paul.

Car depuis quarante-cinq minutes, c'est Paul que l'on attendait, lui-même ignorant être attendu quelque part. Ce soir le Racing recevait Montpellier, Paul recevait le satellite, ne cherchons pas plus loin : Paul était devant le poste, à mille lieues d'envisager qu'on pût lui réserver un anniversaire surprise fin juin, à lui, natif de février, deuxième décan. Un Poisson donc. Oui, un Poisson ascendant Scorpion même, de quoi s'en prendre plein la figure le matin sur RTL entre six et sept, le Poisson étant ce qu'il est, double, flemmard, hypocrite, le Scorpion étant pire, qui assassine tout ce qui dérange, parenté comprise. Bien sûr, c'est faux : Paul est avant tout un spécimen fréquentable et sympathique, la preuve, une douzaine de personnes se sont déplacées pour lui un soir de match. D'autres sont en route.

Parmi les douze nous ne connaissons évidemment pas tout le monde. Michel, donc, et à sa droite bien qu'ils ne soient pas arrivés ensemble, une imposante fille qui nous dit quelque chose. Sophie, autant qu'on s'en souvienne. Et puis la face toujours un peu convulsée de Stan, compensée par le beau visage lisse de sa femme Virginie, dont on pourrait aussi évoquer les jambes. Et puis Benoît, soustrait pour quelques heures à son activité principale, attendre chez lui la fin du monde, et puis cinq ou six autres dont on doit reconnaître qu'ils nous sont inconnus. Ce qu'aux deux tiers ils sont aussi, les uns pour les autres.

Quarante-cinq minutes plus tôt, les premiers arrivés avaient fourni les efforts d'usage. Civilités, contacts, franchissement empressé de la distance sociale courante. Un bref instant, chacun s'était trouvé à moins de cent vingt centimètres de son prochain, participant d'un cercle à vocation amicale qui aurait pu avoir de l'avenir. Trop contrasté, mou, sans leader naturel, le collectif n'avait cependant pas tenu. Juste le temps de se demander combien d'amis communs nous réunissaient ce soir, ou c'était Paul ou c'était Marguerite, ce fut vite vu.

Deux groupes cohabitaient désormais. Quelques survivants du cercle d'origine, refusant encore de s'asseoir, demeuraient en petite formation aux abords des jardinières décoratives. Au fond de la terrasse, le gros du contingent négligemment répandu sur un îlot de chaises longues. Enfin, certains individus plus farouches que d'autres représentaient çà et là, qui avec une cigarette, qui avec un téléphone, différentes sociétés unipersonnelles.

Au sein du clan debout où n'avait pu s'épanouir la nature conférencière de Michel, on n'eut bientôt plus rien à se dire. On s'était entendu sur le meilleur japonais de Paris, la météo, le caractère un peu idiot de cet anniversaire périmé, chacun avait déjà développé son actualité personnelle. Virginie attendait imperturbablement un rôle, Stan plus nerveusement des commandes, Sophie les résultats d'un concours interne, Michel une occasion improbable de reparler espaces verts, quant à Benoît, ne s'estimant pas assez intéressant pour constituer cinq minutes un sujet de conversation, il passait son tour. On en était donc à se racler la gorge, à étudier par-devers soi différentes solutions d'évasion. A : partir se dégourdir les jambes du côté de l'ascenseur et le prendre ; B : se pencher sur le vide au motif d'admirer Paris et lâcher bêtement quelque chose, lunettes ou sac à main, qui nous obligerait à redescendre ; C : s'évanouir. Encore un peu et Paul et Marguerite allaient débarquer sur une terrasse sinistrée.

Aussi Stan réagit, s'enquérant de la disponibilité de quelque rafraîchissement — n'importe quoi sauf de la flotte — auprès d'un garçon qui devait bien être un serveur puisqu'il était jeune, sapé, et bayait aux corneilles. Erreur d'interprétation. L'interpellé regretta de n'appartenir point au personnel, se proposa d'en quérir lui-même un représentant. Il en profiterait pour pisser. Il ajouta qu'il s'appelait Alexandre, spécifia sa qualité d'invité, des fois que ça ne soit pas tout à fait clair. Invité de Paul.

— Michel, dit Michel, spécifiant sa relation privilégiée à Marguerite, par voie de conséquence à Paul. Par voie de conséquence seulement.

— Alors j'y vais, dit Alexandre qui s'en fut.

Appartement Paul et Marguerite,
intérieur fin du jour

Le match, ce devait être hier. Le Racing
aura perdu, le Racing aura gagné, encore que
gagné on l'aurait su, mais cela devait forcément
se dérouler hier puisque Paul regarde autre
chose. Ce sont des animaux, de grandes éten-
dues vierges, un ciel pas possible. On pourrait
là-dessus profiter d'un commentaire encyclopédique et fasciné si Paul n'avait coupé le son.
Une main lui tenant lieu d'appui-tête, l'autre
fourrée jusqu'au poignet dans un carton rec-
tangulaire qui contint grassement dix palets pur
beurre Délices d'Armor, Paul est fagoté comme
l'as de pique. Il ne s'attend pas à sortir. Ça a
marché.

Vers le poste où se meut un crocodile, Paul
dirige la main prolongée du paquet de gâteaux.
Visant le nuisible, lui prend l'envie simple de
dire Gogo Gadget au bras. Gogo Gadget au
bras, prononce-t-il bientôt dans un petit frisson
régressif. Il est bien là, Paul. C'est ce sentiment
court et parfait, toujours difficile à décrire. Plus

un état qu'un sentiment d'ailleurs, car tout cela est avant tout physiologique, disons que chaque cellule de Paul se trouve pour une fois à sa place, heureuse de son sort dans ce corps libre et avachi et, brièvement, Paul ne manque de rien. À la rigueur, une petite pipe. Si l'on voulait être perfectionniste. À la rigueur. Voici justement qu'apparaît Marguerite mais ne rêvons pas.

On découvre Marguerite, grande et raide brune à potentiel, pas tout à fait belle mais pourrait l'être, n'a pas l'air en effet de vivre pour parfaire le bonheur d'un homme à genoux sur le parquet. Ce serait même plutôt l'inverse. Marguerite se place verticalement dans le champ visuel de Paul, pile devant l'écran, de manière à se superposer presque totalement à l'objet d'attention initial, à savoir, donc, un ciel parfait, quelque part dans le sud de l'Afrique. Paul a déjà un peu vécu, y compris avec d'autres filles, et ne s'émeut plus de telles obstructions à propos de quoi leur redire encore «ton père n'est pas vitrier» ne produira de toute façon aucun effet. De manière générale, leur père, mieux vaut éviter d'en parler.

Marguerite est habillée pour l'extérieur d'une chose verte échancrée dans le dos, zippée devant et qui, s'amplifiant à partir de la taille, ne donne que peu d'informations sur sa morphologie. Elle a arrangé ses cheveux. Ce qui ne manque pas d'interpeller Paul sans qu'il se sente pour autant concerné.

— Tu sors ? relève-t-il.

Auquel cas il l'inviterait à se demander si la chose zippée ne se porte pas dans l'autre sens. Une suggestion.

Toit de l'hôtel

Un Stan mortifié par sa méprise faisait bruyamment valoir à l'assemblée que rien ne ressemblait plus à un jeune type en costard noir, dents blanches et bottines de tapette qu'un autre jeune type dans le même équipement, n'était-ce pas à ce profil que correspondaient, neuf fois sur dix, les serveurs dans ce genre de taule ?

— Mais si, dit doucement Virginie, appliquant sur l'avant-bras conjugal une main balsamique.

— Si tu le dis, admit Benoît qui s'en foutait comme du reste.

— Non, objecta quelqu'un qui ne s'en foutait pas, à savoir Michel. Tu généralises, voulut-il argumenter, révélant une possible appartenance à cette catégorie de combattants qui ne souhaitent pas laisser dire n'importe quoi, détestent les approximations, voudraient que l'on soit un peu plus mesuré dans ses propos. Dieu sait que ce sont des choix difficiles, socialement parlant.

Bientôt reparut Alexandre dans le sillage d'un type qui pouvait passer pour son frère, en effet, même corpulence et strictement pareille dégaine, au tablier près. CQFD, triompha Stan, modestement. La doublure se présenta comme étant l'homme qu'on espérait : il avait ici charge du bar. On l'entoura. On lui demanda son prénom. C'était Achille. On voulut le tutoyer, on le flatta. C'est beau Achille, c'est grec, non ? On voulut le toucher, on l'aima immédiatement. Certaines personnes ont ce pouvoir sur les autres, c'est injuste, je sais, mais il fallait vendre du pinard.

— Un blanc sec, l'acclama-t-on, un sauvignon, monsieur une Seize, une Seize attention pas une Suze et pas en canette, sinon n'importe quelle pression, moi un chardonnay monsieur, vous avez quoi en bourgognes, par ici un rouge, un peu frais un peu fruité, encore que non. Il est tôt. Un Coca. Encore que non, c'est samedi soir. Mettez un mojito mais alors léger sur le rhum et cubain si possible, attendez, mettez deux mojitos. Attendez. Bon, pour les mojitos, levez la main ! gueula Stan.

— Ho, brailla Achille à son tour.

Très haut. Ainsi qu'on pourrait à la rigueur se le permettre dans les métiers de commandement.

Stan obtint un chiffre autour de six, Achille un calme scandalisé. Il dit merci, il ajouta Messieurs-Dames, prétendit vouloir en placer une. Séant, la consommation des boissons impliquait certaines règles, il était venu les présenter, sauf votre respect, la commande on verrait ça plus tard.

— Accouche, lança Stan qui avait soif et de l'éducation.

Les règles se réduisaient à une seule. Marguerite avait financé le buffet et les vins qui y seraient servis. Touraine-gamay, muscadet, point barre. Toute autre consommation, apéritive, digestive ou simplement fantaisiste serait à la charge du consommateur, est-ce clair ?

— Il faut payer son coup quoi ? reformula Stan, un rien offensif.

— Ce n'est pas grave, Stanfield, assura doucement Virginie car il ne s'appelait pas Stanislas. Ce n'est pas grave, je t'assure.

Et repositionnant sa main sur le bras stanfieldien qu'on imagine bien tatoué de dessins violents et de messages d'amour, elle lui promit, dans l'oreille, qu'elle ne prendrait rien.

— Et le buffet, il est où ? voulut encore savoir Stan, ses efforts de contenance portant l'incarnat de son teint un degré au-dessus.

— Le buffet, il est pas encore là, reprit le professionnel avec un mimétisme à la limite de l'effronterie. Le buffet, il sera là à vingt et une heures tapantes et moi je serai en bas.

Et tournant les talons, il laissa à Alexandre, afin qu'il s'en démerde, la carte de l'établissement.

On fut consterné. Avait-on déjà rencontré pareil cuistre ? Tout cela ne sentait pas son école hôtelière, loin de là. On supposa qu'il s'agissait d'un extra, échappé de l'encadrement du

Club Med, moniteur de ski en hiver, serveur de mes deux en été, en attendant les vendanges à la rentrée, comment s'appelait-il déjà, qu'on le signale ? S'ensuivit une discussion relative au recrutement du personnel de service dans la restauration, le problème étant le turnover, le manque de qualification, le manque de motivation, le manque d'entrain de ces gens. Michel n'était pas tout à fait d'accord, il faut se les cogner les clients et vous en connaissez beaucoup des types polis pour le Smic, mettez-vous cinq minutes dans la peau de cet employé. Stan fit valoir que, bizarrement, il se mettait plus volontiers dans celle du type qui se saignait en charges patronales pour un empaffé qui ne servait qu'à plaisanter avec les femmes de chambre. Ne me lance pas sur la politique, prévint Michel, et il n'insista plus parce que Stan était connu pour ne pas aimer ça.

On fit circuler la carte.

Quelqu'un fit remarquer que c'était un progrès, mais que ça ne faisait pas venir Paul, et sa Marguerite encore moins.

Appartement Paul et Marguerite

L'instant est crucial pour Marguerite, attendu que Marguerite ne ment jamais. Ce sera peut-être la première fois. On pourrait alors se demander en vertu de quelles ressources alternatives Marguerite a-t-elle survécu dans ce bas monde, mais ce n'est pas le moment.

— Tu vas où ? s'intéresse Paul pour le principe.

— Nous, souligne-t-elle, nous allons.

— Hein ? Attends, pousse-toi.

— Nous allons, tu t'habilles et tu viens aussi, précise Marguerite, dégageant de la surface de l'écran la chose verte qui se porte bien comme ça, merci, avec la fermeture Éclair devant. Soit.

— Non mais moi je ne vais nulle part, informe Paul car il le pense, fonçant classiquement dans le panneau.

— Changement de programme, l'informe, amusée et tout aussi prévisible, l'ordonnatrice de l'embuscade.

Et Marguerite d'exposer que Stan et Virginie

ont produit une invitation de toute dernière minute, que c'est l'occasion, qu'elle est ravie, qu'on ne les voit jamais, Stan et Virginie.

— Mais si on les voit, modère Paul, se passant la main beurrée qu'il vient de retirer du paquet de gâteaux dans les cheveux qu'il aura désormais luisants. Ne viendrait à personne l'idée de produire ce garçon en société.

— Non, moi, là, bouger tu vois comme ça, non, vraiment pas, formule-t-il, si on peut appeler ça formuler, confirmant une résolution pantouflarde plus farouche que prévue, à laquelle le crocodile télévisé ne semble pas étranger.

Entre-temps, repu d'un gnou qui fut trop plagiste, le monstre affiche face caméra une satisfaction effrayante. Paul, qui s'en trouve fort impressionné, s'efforce de songer aux destinées de sac à main que l'animal poursuivra bientôt chez Longchamp. Mais vas-y toi, autorise-t-il, hypnotisé par l'accessoire de luxe.

Réapparition de la tache verte devant l'écran.

Marguerite assure que Stan et Virginie ne comprendraient pas, d'autant qu'il s'agirait de dîner à la cuisine, de salade et de charcuterie, sur un mode présenté comme dépourvu de tralala. Ce pourrait n'être pas déplaisant, ici le frigo est vide et l'on serait couché tôt.

Vaine tentative d'exploiter un notoire attachement à la charcuterie et au caractère décontracté de l'existence chez un Paul qui vous glisse entre les doigts, plus Poisson que jamais.

— Je n'ai plus faim, confesse-t-il, avouant

par ailleurs une soudaine lassitude à l'idée de s'entretenir avec Stan. La conversation de Stan se résumant invariablement à l'analyse par Stan des problèmes de Stan qui, d'aussi loin qu'on le connaisse, n'ont jamais fait qu'empirer. Risque du dépôt de bilan, annonce du contrôle fiscal, perspective de saisie, épouse qui tourne en rond, prix des cours de théâtre d'icelle, prix de l'essence et à la fin, ivre mort, il voudra que Virginie dise un bout d'*Andromaque*, exactement comme la dernière fois. Ce sont des gens qui ne se renouvellent pas beaucoup, Stan et Virginie. Alors que l'Okavango, regarde. Ces méandres, ces variations, ces rives tour à tour arides et luxuriantes. Paul serait curieux de voir où il se jette, l'Okavango. Ce sera sûrement précisé à la fin de ce fabuleux documentaire qui vient de commencer. Bref, appelle et dis-leur qu'on ne peut pas.

On pourrait penser que c'est mal engagé, que Marguerite aurait gagné à réfléchir à un prétexte convenable au lieu de se faire un brushing, pour ce que ça donne. Il y a quand même quinze personnes à l'autre bout de Paris qui attendent qu'on leur serve quelque chose à boire. Marguerite se place alors du côté où on ne l'attendait pas.

— Et par ailleurs, annonce-t-elle, passablement excitée, ils revendent leur appartement. Une histoire d'hypothèque.

— C'est ce que je dis. Que des emmerdes.

— Et je voudrais que tu le revoies, leur appartement.

— Pourquoi?

— Ce pourrait être exactement ce que l'on cherche.

— …

Légère sidération de Paul au fond du canapé, hébétude dont le crocodile fait ce qu'il peut pour redevenir l'objet. Régurgitation d'une part de gnou, agression du preneur de son, exposition des dents du fond, rien à faire. Il sera toujours moins effrayant que le scénario qui, suggéré par les paroles de Marguerite, gagne le cerveau disponible et néanmoins reptilien de Paul. Paul ouvre de grands yeux qu'il déplace du poste vers Marguerite, puis de Marguerite à un point imprécis dans l'espace, qui vont ensuite s'égarer vers un radiateur pour revenir sur Marguerite, après s'être brièvement fixés sur une prise de terre.

Silence durable et immersion totale du crocodile.

— Parce qu'on cherche un appartement? dit enfin Paul très doucement, comme effrayé par la seule résonance de sa phrase.

— On pourrait, répond Marguerite, jouant avec l'anneau de la fermeture Éclair, arguant que l'on ne s'y prend jamais trop tôt.

À l'écran, changement de décor. On survole à présent la bande protégée de Caprivi, Namibie. Changement de matériel aussi, supposons une caméra gyrostabilisée montée sur un hélicoptère de tourisme. Un vol d'aigrettes balaie un candide troupeau de zèbres, désormais localisable à trois kilomètres par le prédateur le plus inattentif. Vu et revu. En général, le plan suivant montre un carnage. On dit que les aigrettes ne dénoncent pas délibérément les zèbres, ce serait juste qu'elles n'y pensent pas. Spéculation. Les aigrettes sont comme tout le monde.

— Trop tôt pour quoi ? nage Paul.

— Eh bien, pour visiter des appartements. Il faudra bien commencer à visiter des appartements un jour.

— Oh non ! se récrie Paul.

Car le carnage a eu lieu. Le hors-champ dissimulait comme d'habitude un guépard, lequel sournois, l'estomac dans les talons, vient de prélever deux éléments du troupeau parmi les plus jeunes. La saloperie, dit Paul, choqué.

— Orienté sud, sud-est, quartier émergent, proximité tous commerces, métro, écoles élémentaires, ce serait bien de le revoir, au moins pour se projeter, visiter aujourd'hui, c'est s'installer dans deux ans, il faut s'y mettre tôt, tu sais ce qu'on dit, débite de son côté Marguerite puisant allègrement dans la brochure Century 21 et la *Phénoménologie pour les nuls*.

Non, Paul ne sait pas ce qu'on dit. Il n'est absolument pas concerné par ce qu'on dit à propos des appartements à vendre et pour cause. Il ne veut pas qu'on lui vende le moindre appartement.

S'ensuit un échange de points de vue, un peu

catalogue, un peu rasoir, Marguerite fait valoir l'état d'un marché dit de négociation où ceux qui ont de la pierre ont désormais besoin de liquidités, vante ardemment la dimension nouvelle qu'aurait prise la relation acquéreur-vendeur, le premier pouvant enfin parler plus fort que le second, les rapports auraient évolué vers quelque chose de plus civilisé. Paul assure s'en trouver bien heureux comme chaque fois que la civilisation gagne du terrain, Marguerite resserre le propos sur le prix du mètre carré entre Montparnasse et la porte Saint-Martin : il baisse. Paul objecte que les derniers à avoir prétendu cela sont morts en location en attendant que ça se vérifie. Marguerite invite alors Paul à se projeter dans une existence de propriétaire foncier, ma parole elle est sûre d'elle : un petit chez-nous à nous qui nous ressemblerait, qu'on pourrait transmettre à nos, tu sais bien, Paul, nos enfants. Imagine, Lapin, visualise.

Sur fond de gazelles et d'alouettes à dos roux, Paul, en silence, fait l'effort de visualiser. Déménager. Voyons. Déplier des cartons, les remplir, les fermer, jusque-là ça va. Impossible, en revanche, de s'imaginer y verser autre chose que ses seules possessions, voilà qui pourrait constituer un sérieux écueil à la projection. Il les voit bien, les cartons, il peut même les compter, environ une dizaine, oblitérés « Paul vêtements », « Paul bibliothèque », « Paul divers », il les voit très précisément. Entassés à l'arrière d'une fourgonnette mise à disposition par un ami compréhensif, emportés à vive allure vers une adresse exotique, tandis que dans le rétroviseur diminuerait Marguerite, bras ballants sur le trottoir et qui n'aurait toujours pas compris.

— Allô la Terre, l'interrompt bientôt celle-ci, souhaitant partager les motifs de ce sourire béat. Ça fait rêver, n'est-ce pas ?

— On a bien le temps va, freine Paul, plaidant qu'à présent il souhaiterait en savoir un peu plus sur ces gazelles et ce fleuve étonnant, si ce n'est pas trop demander. Stan et Virginie, définitivement non. Mais vas-y toi. Tu diras ce que tu voudras, je ne sais pas, tu diras Paul n'était pas dans son assiette, enfin tu trouveras en route. Tiens, tu n'auras qu'à dire que je me suis barré.

Toit de l'hôtel

— Les voilà ! se réjouit-on alors qu'émergeait de l'escalier situé à l'autre extrémité de la terrasse, le sommet d'une première silhouette. Les voilà, tout de même, les voilà comme des fleurs, et tu crois que ça se presserait, et ça prend son temps, courez donc pas.

Or la silhouette approchant, précédée en émissaire d'une vive odeur de cédrat, l'on dut convenir que ce ne pouvait être Paul et Marguerite. Il s'agissait d'un homme seul, et, même non accompagné, Paul eût paru nettement plus grand. De toute façon cette odeur d'agrumes, on l'avait reconnue, c'était Ariel et c'était une bonne nouvelle.

Si Ariel était petit, si certains pouvaient penser qu'il cocottait, cela n'empêchait pas Ariel d'être dans le cinéma, d'y jouir d'une relative notoriété que rappelaient très régulièrement les hebdomadaires culturels les plus difficiles. Son commerce allait donc avec un certain bénéfice social. Même à projeter le pire des scénarios, surprise manquée, conversation poussive, buffet standard et alcools tièdes, on ne se serait pas déplacé pour rien. On pourrait dire demain, à ceux qui d'Ariel ne savaient que le nom, qu'on avait passé la soirée avec lui, on affecterait pour cela ce ton qui sied à l'évocation des affaires courantes et de la vie de tous les jours. Ce serait toujours ça de pris.

Sortant objectivement de la douche, Ariel était vêtu d'effets mous et naturels, coton, lin, jersey de coton et puis, en bandoulière, une petite chose en daim merveilleusement patinée. Il dit pardon, je suis venu comme j'étais. On lui dit je t'en prie, sois comme tu es, avec toute l'amitié qu'on pouvait y mettre. Il dit j'espère bien, considéra la maigre assemblée et, se fendant d'un sourire, confia encore : une éternité que je n'ai pas vu autant de monde. Moi non plus, avoua Michel en beaucoup plus premier degré. D'emblée, Ariel voulut savoir où était Paul, qu'il l'embrasse, qu'il le félicite, qu'ensemble ils descendent un verre et qu'il reparte car il avait une soirée. Une autre s'entend.

Michel lui fit connaître l'état de la situation. Paul et Marguerite étaient on ne sait où, la surprise n'avait pas encore eu lieu. C'est foutu, résuma Benoît. Fait chier, songea Ariel qui avait pris la peine d'arriver en retard pour constituer la surprise d'après, la vraie. Mais comme il était chic, tendant de part et d'autre une main chargée de bonne volonté, il déclina à tout hasard son nom de baptême.

— Ariel.

— Félicitations, dit Benoît.

— Pardon? s'étonna Ariel qui n'ayant jamais fréquenté Benoît ne pouvait pas deviner. Et vous, vous êtes?

— Moi, je suis Benoît, dit Benoît, je n'ai pas eu le choix.

Ariel posa sur l'individu le regard qu'il réservait aux enfants, aux collaborateurs est-asiatiques, aux trous noirs, à la métaphysique. Ariel n'avait pas envie de comprendre et s'ennuyait déjà. Qu'est-ce qu'on boit? s'informa-t-il pour en finir.

— Rien, lui apprit Benoît.

— Comment ça, rien? s'agaça Ariel qui avait comme le sentiment qu'on ne cherchait pas à lui plaire. Manquerait plus qu'on le tutoie.

— C'est la vie, déplorait Benoît, effeuillant tristement un rameau de troène.

Michel se dévoua pour traduire en termes neutres la pensée de Benoît. Toujours un peu négative, la pensée de Benoît, c'est le problème avec ce garçon. Il faut simplement apprendre à le connaître, avoir un peu de temps devant soi. Bref, il n'y avait certes pour le moment rien à boire, mais l'on pouvait commander. Ce serait, en revanche, hors forfait, les consommations individuelles s'apparentant ici à du vol qualifié, trente euros pour un cocktail, pour information.

— Et alors? interrogea Ariel, quelqu'un ici est-il à trente euros près?

On s'empressa de dire que non, qu'on ne

comptait pas pour si peu. Un cocktail de plus, un cocktail de moins, quelle différence.

— Bien, dit Ariel.

Et avisant le jeune homme en noir qui se tenait à l'écart une carte sous le bras, il l'invita à la lui réciter et que ça saute.

Peut-être Alexandre était-il un peu joueur, un peu pitre, un peu en mal de distractions. Affectant, allez savoir pourquoi, un accent italien, il déploya la carte et fougueusement s'exécuta. Abbiamo vini bianchi, vini rossi, informat-il, énonçant quelques cépages en « o » qui signalaient une connaissance lointaine du terroir toscan. Cocktails, analcolico e tutti, qui veut quoi ?

— Du personnel italien, s'enchanta Ariel, j'adore !

La chose lui parut même cinématographique. Elle renvoyait à une scène très précise dans un film formidable, le titre lui échappait, allait lui revenir.

— J'étais fait pour vivre en Italie, confia-t-il en attendant au jeune Transalpin. Visconti, Fellini, Rimini, énuméra-t-il pour le prouver, traînant doctement sur les deuxièmes syllabes. E come si chiama ? Da dove sei ?

— Aldo, proposa tout de go Alexandre. Aldo, Milano.

— Aldo ! Meraviglioso ! s'emballait Ariel.

Personne dans l'assemblée ne corrigea personne. Soit qu'on ne voulût pas décevoir Ariel, soit que l'on ne fût pas contre un peu de divertissement, soit encore les deux. On laissa faire. On pria cet Aldo d'opérette d'aller chercher différentes références de la carte, choisies parmi les moins délirantes, et merci de ne rien renverser au prix que ça coûte, prego.

Ainsi Aldo, enfin Alexandre, disparut pour la seconde fois de la soirée.

Pour la seconde fois de la soirée, on remarqua l'heure et le fait tout aussi indiscutable que Paul et Marguerite ne s'étaient pas encore présentés.

On fit les premières hypothèses quant à leur persistant retard, convoquant au premier chef la circulation. Le camion-poubelle du samedi vingt heures du boulevard Richard-Lenoir, proposa Michel à titre exploratoire. Une conjoncture prévisible que ce camion, puisque hebdomadaire et constant même en été, qui n'était cependant jamais anticipé par le riverain et pouvait vous l'immobiliser une heure sur un axe allant de Bastille à Voltaire, ce qui n'empêcherait pas le riverain de se faire pareillement coincer le samedi suivant. Une énigme. Une proche amie de Marguerite spécifia que Marguerite ce n'était pas le genre. Elle devait avoir sur son frigo les horaires de la collecte des ordures comme un Malouin aurait, sur le sien, le coefficient des marées. À exclure. Ainsi que toute hypothèse imputable à un défaut d'organisation de Marguerite, on ira plus vite, puisqu'organisée Marguerite l'était pathologiquement. J'en bave assez pour le savoir, compléta la proche amie de Marguerite qui partageait avec elle un bureau.

On s'engagea dans une conjecture différente, impliquant comme première variable la programmation sportive de la fin de semaine. Paul n'aura pas voulu quitter le match, Marguerite n'aura pas su inventer de prétextes suffisamment tentants pour l'en défaire. Auquel cas ce devait être un sacré match. Stan regretta dès lors l'absence d'un téléviseur sur la terrasse.

Là d'accord. Ça d'accord. Que Marguerite n'ait rien trouvé pour forcer un mec à la suivre, nous voilà dans l'ordre du plausible, admit la proche amie de Marguerite qu'on désignera désormais par son prénom, Sabine.

La discussion fit émerger une troisième possibilité qui mit tout le monde d'accord : Marguerite et Paul étaient en ascension dans les étages, au pire au pied du bâtiment, ils allaient apparaître, c'était l'affaire de dix minutes. Ils n'auraient pas idée de planter sur une terrasse quinze invités assoiffés qui se connaissaient mal, si ? Enfin, on allait quand même lui téléphoner à Marguerite. Et si elle ne répondait pas, on téléphonerait à Paul, quitte à lui révéler la tenue de son anniversaire, dommage mais ça commence à bien faire. Elle nous en voudra beaucoup, ce sera regrettable, on lui dira pardon Marguerite, mais quand on prétend organiser des surprises, on assure.

— Je la rappelle, se dévoua Sabine. Il lui tardait, ajouta-t-elle, que chacun découvre la robe choisie par l'hôtesse, tape-à-l'œil, pas de son âge et trop courte, on lui voyait quasiment la culotte. Sabine avait bien tenté de lui en faire acheter une autre, en pure perte.

Appartement Paul et Marguerite

Marguerite seule à la cuisine, mains posées à plat sur le plan de travail, veine temporale légèrement enflée, mauvais signe. On la sent tendue dans sa robe neuve, atteinte d'une légitime inquiétude, trop tôt cependant pour parler de panique. Marguerite pianote sur le plan de travail, ses ongles longs jouant sur l'inox une sorte de marche militaire qui atteindrait les nerfs de n'importe qui, à commencer par les siens. Interruption de la partition, constat désolé des dégâts causés sur la manucure professionnelle, mais on sait déjà que Marguerite l'achèvera à coups d'incisives dans l'heure qui suit, relativisons.

Elle effectue un premier tour de la pièce, puis un second, toujours à brefs petits pas nerveux avant de revenir au plan de travail, et là, une agression supplémentaire : ses mains ont laissé sur le scintillement de l'Inox une multitude d'empreintes grasses. Et ça la désole, Marguerite, que rien ne reste durablement parfait, durablement pur, que le monde soit à ce point mal foutu. Mais elle tente l'indifférence car ce ne sont après tout que des traces de doigts. Bientôt elle attrape convulsivement un pistolet détergent et un torchon, vif coup d'Ajax sur l'empreinte et, tant qu'on est lancé, sur toute la surface anodisée. Troisième tour de pièce, Marguerite consulte l'heure sur la cafetière — coup d'Ajax sur la cafetière —, les appels en absence de Sabine sur son téléphone, la Vierge Marie, les chatons sur le calendrier des Postes qui d'ordinaire la détendent mais pas aujourd'hui. Elle tente d'apaiser l'inquiétude avec un exercice de ventilation par le nez, ne parvient qu'à la potentialiser, se provoquant même une petite tachycardie. Qui ne se calme pas si vite que ça. Qui exige bientôt une ablation de soutien-gorge. Marguerite pose son Triumph sur la table, s'émeut de l'indécence de la chose, le range dans le tiroir à couverts, retente l'exercice par la bouche. Bon, pas mieux. Oublions cette histoire de respiration. On respirera plus tard. L'urgence consiste pour l'heure à concevoir un plan B, une idée, un prétexte, n'importe quoi susceptible d'extraire Paul de cet appartement. Les invités vont s'impatienter, ricaner. Chauffés par Sabine, ils vont médire, puis repartir en déclarant à voix haute que c'est bien la dernière fois, et Marguerite, qui n'organise déjà que très peu de réceptions, n'aura plus l'occasion d'en organiser aucune, faute de participants. Ma fille, trouve quelque chose, qu'est-ce qui pourrait faire sortir Paul, voyons qu'est-ce qui fait sortir Paul en général ?

Le travail ? Plus maintenant. Les manifs ? Non. Le sport ? Rarement. Le soleil ? Les élections ? erre Marguerite qui s'aperçoit qu'elle n'en sait rien. Les putes ? Trouve quelque chose Marguerite, l'heure tourne. Mais le blanc arctique à quoi se résume ce soir l'imagination de Marguerite n'a d'égal que celui qu'elle connut face au libellé de l'épreuve de philosophie, baccalauréat juin 1992, La peur est-elle conscience de l'existence, vous témoignerez de votre connaissance de l'œuvre de Jean-Paul Sartre, quatre heures, calculatrice interdite. Lui faire peur ! s'entend formuler Marguerite, triomphale. Lui faire peur, évidemment.

Au mot Peur le cerveau droit de Marguerite a sans doute associé le mot Fuite. À Fuite, la facétieuse demi-portion a vraisemblablement combiné Feu, puisque Marguerite, à présent juchée sur l'évier, tient un briquet allumé sous le détecteur d'incendie. Tout cela est très instable, très inquiétant, si encore elle avait retiré ses escarpins. Envisage-t-elle que l'intervention stridente de l'alarme incendie puisse conduire Paul à prendre la fuite et peut-être, au passage, une veste et ses chaussures ? Oui c'est ça. Par chance, le cerveau gauche de Marguerite n'a pas été long à reprendre ses droits et nous la fait redescendre dare-dare au sol en la taxant de cinglée, on ne peut pas s'assoupir trente secondes que ça fait des fantaisies. Qu'est-ce qui m'arrive ? s'interroge sincèrement Marguerite, éradiquant à l'Ajax les traces de semelles laissées aux abords de l'évier, risquant à tout instant de projeter la solution javellisée sur sa robe, ce qui n'arrangerait rien. Au moins cette tentative aliénée lui aura-t-elle permis d'enregistrer que le détecteur de fumée est HS et de classer l'anomalie dans les affaires à traiter. Enfin pas ce soir.

— Allez, tu as gagné.

C'est Paul qui vient d'entrer dans la cuisine. Il a réfléchi et se déclare d'accord. Il préfère se taper un dîner avec Stan et Virginie, le laïus sur la crise et les vers de Racine, plutôt que les conséquences de son absence à ce dîner. Je te connais, dit-il, tu vas me le faire payer jusqu'à lundi. Je me chausse et on descend. Note que c'est un effort, un grand.

Il disparaît.

Marguerite sangle son soutif, prévient la Vierge qu'elle est son obligée et court s'administrer un centième et vain coup de peigne.

Paul interrompt le programme télévisé alors qu'une gazelle amorçait un saut. La voici fixée dans les airs. Il pourra y revenir quand il veut et la faire atterrir, parce que c'est comme ça, nous vivons des temps démiurgiques, également appelés *time shifting* par les mécréants et les ingénieurs des Télécoms. Pour autant, cette gazelle, il ne cessera d'y penser. Dans l'escalier, il se dira étonné qu'une créature si gracieuse ait été conçue pour cohabiter avec le buffle sauvage, le lion, le coyote et quoi d'autre encore. Troublé que la nature soit dans ses projets d'une telle violence, il voudra là-dessus l'avis de Marguerite qui promettra d'y réfléchir.

Terrasse de l'hôtel

— «Ce n'est pas toujours facile de bien acheter. Mais si facile de bien jeter», déclamait Virginie dans un registre ambigu qui rappelait à la
fois la plainte d'Andromaque, acte III, scène 8
et la messagerie coquine d'un service tarifé par
téléphone.

Ce faisant, sa jambe fusiligne tendue sur le
côté, elle mimait l'ouverture d'une poubelle à
pédale et le fait d'y laisser tomber quelque invi-
sible déchet pour un public aimable se réduisant
à Ariel. Son interprétation avait cependant ceci
de délicat qu'on pouvait penser qu'elle esquissait
un pas de tango tout en laissant, sur le sol, choir
un mouchoir de batiste. Virginie avait entraîné
Ariel à l'écart au motif de lui montrer quelque
chose et si Ariel avait pensé à ça, il ne l'aurait
pas suivie.

— Première séquence, représentait-elle,
enthousiaste, on me voit au supermarché. Je suis
une femme active, une femme débordée, une
femme comme vous et moi qui n'a pas le temps

de bien regarder ce qu'elle achète. La composition des aliments, les dates de péremption, l'origine.

— La teneur calorique, participe courtoisement Ariel témoignant qu'il suit.

— Donc je n'ai pas le temps. Je dois retourner travailler et je n'ai pas toute la vie pour lire le pavé nutritionnel de mon paquet de jambon blanc. Tu vas me dire, c'est compliqué ton histoire, eh bien non, figure-toi. Juste deux, trois plans de Caddie devant le rayon frais et en trois secondes le téléspectateur comprend tout le problème. Le spot est plutôt réussi.

— J'ai l'impression, convint Ariel, mais tu sais que je ne suis pas dans la publicité?

— Séquence suivante, coupa Virginie, encore moi dans ma cuisine avec mon emballage de jambon blanc. Vide, désormais. Et je ne sais pas quoi en faire, de mon emballage, Et je commence à m'impatienter. Et puis que vois-je, bien en évidence au dos du paquet, à côté du pavé nutritionnel pas clair? Le logo éco-recyclage, inratable. Je m'en réjouis, sourire caméra, ensuite plan rapproché sur les deux poubelles cinquante litres placées derrière moi. Une jaune, une verte. Que fais-je?

— Que fais-tu?

— Voyons, que fais-je?

Ariel avoua son ignorance. Il n'était pas dans la tête du scénariste. Il ne savait pas ce que Virginie s'apprêtait à faire.

Virginie révéla que bien sûr elle balançait son

emballage dans le bac jaune, répondant en cela à l'invitation de ce providentiel logo éco-recyclage. Rapide, efficace, conçu pour ces femmes éco-responsables à responsabilités qui connaîtront désormais leur credo, à jamais associé au timbre grave et sensuel de Virginie : « Ce n'est pas toujours facile de bien acheter. Mais si facile de bien jeter. »

Sur quoi, Virginie offrit une représentation supplémentaire — fente latérale, décrochement de genoux sur la pédale, mouchoir, sourire caméra — et attendit.

— Formidable, exagéra volontiers Ariel, j'ai passé un très beau moment, formidable que tu aies tant de texte, et tu t'en sors merveilleusement de ce texte qui n'est pas aussi simple qu'il en a l'air, ce sera programmé entre la météo et le 13 Heures, à coup sûr, en termes d'audience ce sera formidable.

— Ce n'est pas du Godard, nuança Virginie, mais c'est mieux que rien.

Ariel assura que Godard n'aurait pas mieux fait et qu'il fallait bien commencer. C'est tout ce que tu voulais me montrer ? risqua-t-il, fixant le médaillon que Virginie portait très bas sur la gorge et parce qu'il n'y a pas de honte à demander.

— Non. Tu ne penses pas que je devrais davantage envoyer les -ter ? Facile de bien ache-*ter*, facile de bien je*ter* ?

— Pas sûr, voulut bien se creuser Ariel. J'appuierais davantage sur les « faciles », en réalité.

Il me semble que le, je déteste ce mot, message y réside. Et alors, si, une chose qui te rendrait service : ouvre ta poubelle plus tôt. Sur le deuxième «facile», par exemple. Tu ouvres ta poubelle trop tard, et ça gâche tout. Le tempo, tout est dans le tempo avec la pub.

Virginie remercia, soulignant à quel point l'avis d'un professionnel était, en la matière, capital. Il s'agissait pour elle d'être irréprochable sur ces images, certes sans intérêt artistique, mais qui seraient envoyées par la suite et à titre de démonstration, à quelques producteurs et agents. Il fallait à présent que ça marche, qu'elle se produise, qu'importe la scène, qu'importe le texte, que soit rentabilisée aux yeux du monde, ou au moins de la famille, cette dispendieuse formation dramatique. Maintenant, pas dans dix ans. Par «rentabilisée» elle ne voulait pas sous-entendre que Stanfield attendait un retour sur investissement. Stanfield n'était pas comme ça.

— Stanfield quoi? s'informa de loin Stan.

Mais Stanfield perdait déjà beaucoup d'argent avec son entreprise de conception graphique. S'il pouvait constater qu'il n'avait pas tout perdu des fonds trimestriellement versés au Cours Florent et des espoirs placés dans les principes de l'Actors Studio, ce serait bien. Ça compenserait.

— D'une certaine façon, résuma Virginie, je ne le fais pas pour moi.

Nerveuse, elle ne cessait d'appuyer sur la

pédale imaginaire de la poubelle imaginaire, relevant et abattant le couvercle imaginaire. Non, elle ne le faisait pas pour elle. N'était-ce pas complètement paradoxal ?

— Tu sais, moi, la psychologie, éluda Ariel. À jeun, en plus.

— Oui pardon. Et toi, tu es sur quoi ?

— Eccolo che arriva ! chanta alors Ariel, voyant à l'horizon de la terrasse reparaître Aldo.

Il planta là la comédienne, sa poubelle et son paradoxe, laissant dans sa trace un relent de cédrat qui vint déranger le nez parfait de Virginie. Elle songea que c'était acide ce truc, et finalement pas très masculin. Toujours à propos d'Ariel, elle songea mufle, connard, frimeur, mais le garda pour elle.

— Vieni qui, Aldo, vieni, s'enthousiasmait plus loin Ariel au-delà du français, vieni, vieni, vieni !

On commençait à trouver curieuses ces démonstrations répétées d'affection de la part de quelqu'un qui n'avait a priori besoin de personne, vis-à-vis d'un autre qui, en plus d'être anonyme, semblait se complaire dans le service. Certains s'en firent la remarque à voix basse mais l'on demeura bienveillant. On mit le transport hystérique d'Ariel au compte de sa situation personnelle. La notoriété, la créativité, la précarité, cette ivresse permanente que tout cela vous procure, c'est connu : les types s'excitent d'un coup, sans rien, naturellement, après ça redescend. Ariel allait se calmer.

Alexandre n'était pas revenu les mains vides, qui soutenaient désormais un plateau où se heurtaient verres et flacons.

— Sers-nous à boire la Madelon, lança Michel pour partager des choses avec Ariel, affectant de claquer le séant d'Alexandre.

La facétie ne fut pas comprise ou alors de travers, on considéra avec tristesse son auteur. Michel comprit qu'il s'était encore lourdement trompé de registre et se promit d'être plus vigilant à l'avenir. Certains, pour moins que ça, n'étaient plus invités nulle part, et Michel craignait le rejet comme la mort, suite à une adolescence fort compliquée dont le compte rendu, pour être édifiant, ne cadrerait pas avec le présent récit.

Si le vin était là, il était un peu chaud. C'était tout du moins l'avis d'Ariel qui tint à le vérifier auprès d'Alexandre. En France, on sert toujours le vin trop chaud, vero, Aldo ?

— Vous avez sans doute raison, approuva Alexandre, baissant les yeux sur ses godasses, eu égard à sa condition.

— Toujours trop chaud, soupira Ariel, rien à faire.

Sur quoi, Alexandre se servit lui-même, précisant qu'il ne serait pas loin là se ha bisogno qualcosa ou autre. Et il alla s'étendre plus loin sur un transat en la muette compagnie d'un verre et d'une cigarette, inspirant à Ariel une conclusion hâtivement ethnologique, voulant que l'Italien soit sauvage dans le fond.

Sinon Michel avait une solution pour rafraîchir le vin qui impliquait de la glace et un poignet bien délié. On essaie ?

— Garde-moi ça, lui répondit Ariel car il avait aperçu quelqu'un.

Michel eut désormais un verre dans chaque main.

Niveau – 1 d'un parking souterrain

Paul ouvre la portière arrière d'une épave à essence qui est sienne et de marque Citroën, dépose sur la banquette une bouteille étiquetée Cahors qu'il destine à Stan. En dehors d'une paire de Birkenstock échouant à relever le niveau, Paul n'a pas jugé utile de modifier sa tenue, défendant qu'elle souscrivait déjà à deux critères esthétiques essentiels. Un, il n'a pas mis, lui, le devant derrière, deux, le haut est assorti avec le bas. Que ce soit la moindre des choses pour un jogging, Marguerite s'est abstenue de le souligner, Marguerite est à ce stade résolue à passer sur pas mal de choses.

Paul contourne le véhicule, ouvre la portière côté conducteur, exprimant clairement son intention de s'installer au volant, de s'en saisir, de nous emmener comme ça dans le quatorzième arrondissement où vivent mais ne sont pas Stan et Virginie.

— Je conduis, déclare donc Marguerite.

— Non, dit Paul.

— Si, dit Marguerite.

— Je veux conduire, dit Paul.

— Je vais conduire, dit Marguerite.

— Parce que tu n'as pas les bonnes chaussures, argue-t-elle mais trop tard, dans l'esprit de Paul, la chose a déjà pris des proportions de métaphore.

Alors comme ça, il n'a même plus le droit de conduire sa propre bagnole ? Alors comme ça, on ne veut décidément plus lui laisser les commandes de rien du tout ? Ni de la télé, ni de sa soirée, ni de sa garde-robe, ni de sa domiciliation et de quoi d'autre encore ?

— Mais n'importe quoi, soupire Marguerite.

Alors comme ça, c'est madame qui tient le volant, qui prend les directions qui lui chantent, et monsieur voudra bien se faire oublier à la place du mort, c'est bien ça ? Alors comme ça, on veut définitivement prendre le pouvoir ? On ne s'en cache même plus ?

— ...

— Alors comme ça, on ne dit plus rien ? On fait sa méprisante, comme d'habitude ?

— Tu devrais te faire soigner, suggère Marguerite.

Mais bien sûr que ça finira comme ça, Paul n'en doute pas une seconde. Madame le fera interner.

Et ainsi de suite pendant cinq bonnes minutes à se donner sans vergogne en spectacle pour les caméras de surveillance du groupe Vinci. Au moins, le type dans la cabine de visionnage doit s'amuser, ça le change des infractions au code du stationnement.

— Très bien, alors conduis, admet Marguerite songeant qu'elle s'arrangera comme elle pourra, elle inventera une déviation, quelque chose.

— Non, dit Paul, tu m'as énervé. Cette attitude, cette volonté d'impérialisme, ta tenue de Nouvel An pour aller manger à la cuisine, tout ça, ça m'énerve. Je t'ai donné une chance, il a fallu que tu abuses, tant pis pour toi, je n'y vais plus. Tant qu'à s'emmerder, on le fait très bien à la maison. Je remonte.

Ainsi fait-il, laissant derrière lui dans cet ordre, la Citroën, le cahors et Marguerite.

Le type devant les caméras de sécurité, un nouveau, hésite à intervenir. Voilà tout de même une femme qui, proférant un tombereau d'insanités aussi inadmissibles dans la bouche d'une fille que dans les archives de la vidéosurveillance d'un équipementier respectable, approche dangereusement ce qui ressemble à une clé de la surface carrossée d'une CX d'origine. Je me déplace ou pas ?

Le temps qu'il se décide, Marguerite est partie.

Toit de l'hôtel, extérieur presque nuit

Nous n'avions pas remarqué cette jeune femme en blanc, curieusement jolie. De cette beauté pour laquelle on manque toujours d'adjectifs et, dès lors qu'on en découvre un, il ne convient déjà plus. Beauté instable qui donne à penser qu'elle pourrait se transformer d'une minute à l'autre, manquant d'ordre et d'équilibre, peut-être même de soins, très légèrement triste aussi, pas tout à fait à l'abandon, tout cela évoquant une certaine catégorie de jardins. Et nous n'aurions aucune raison de nous appesantir ainsi sur cette personne, si Alexandre ne l'avait remarquée, dardant sur elle un œil qu'on pourrait dire mordu, si mordu se disait d'un œil. La créature paraissait un peu mal, juste ce qu'il faut, juste assez pour qu'un gars sensible comme Alexandre s'interroge, cherche à quoi attribuer cette indisposition, se plaise à parier sur une carence affective. À part ça, elle était brune, toute en boucles autour d'un visage plutôt pâle, des yeux plutôt gris, encore que d'ici ce soit dur à dire. Le seul problème apparent de cette fille en fait, c'était qu'Ariel venait également de la repérer. Et il est plus rentre-dedans, Ariel. Il ne se contente pas de regarder. C'est le type à vouloir toucher, Ariel, qui, s'étant débarrassé de son verre, déjà l'abordait.

Machinalement le regard d'Alexandre se détourna, dénotant chez l'individu un côté vaincu d'avance qui, pour être tout à fait franc, nous déçoit un peu. Il fouilla l'assemblée disparate. Cette jolie brune était peut-être venue avec sa sœur? songeait-il car les hommes ne peuvent s'empêcher de prêter foi à ces légendes. Les sœurs, les jumelles. Voire les répliques en silicone pour les plus timbrés, mais ce n'est pas le cas d'Alexandre, l'on s'égare.

Voyons, quoi d'autre. Il y avait bien cette fille, là, également seule, occupée à déguster un jus de fruits, et qui, tout à l'heure, a dit s'appeler Rose. Une sorte de blonde effacée même pas haute, même pas typée scandinave qui regarde ses chaussures, parfois ses mains, jamais devant elle. Rien d'engageant. Bien sûr ce petit carré raide, sage et frangé, cette nuque bien dégagée et ce court foulard noué sur un cou qu'on devinait vaporisé de Nina Ricci pourrait signaler une personnalité totalement déconnante. Rose ne serait pas la première allumeuse à se travestir. Mais Alexandre savait déjà que ce n'était pas le cas. Un je-ne-sais-quoi d'authentique chez cette Rose, de mollement vertueux. Peut-être ce blond qui n'avait pas l'air faux, peut-être ce jus d'ananas qu'elle avait demandé. D'autant qu'il s'était déjà fait avoir par un nombre incalculable de petits carrés bien propres qui n'avaient rien révélé d'autre que ce qu'ils étaient. Des effrayées, des biches, des CAPES d'anglais, des championnes de pâtisserie allergiques au gluten. Oui, Alexandre fait de la morphopsychologie comme il sert des cocktails, comme il parle italien : un peu légèrement.

En attendant, Ariel venait de se faire éconduire par la brune. Il y a une justice.

Plus loin, l'on trinquait pour la troisième fois à Paul et Marguerite, prétendant que ça les ferait arriver. S'ils ne répondaient pas au téléphone, c'est qu'ils devaient être en route, voilà tout. Marguerite aura mis des heures à se préparer, son petit problème de cheveux en étant certainement la cause. D'ailleurs, on n'hésitera pas à la charrier. Ou pas, objectait Sabine, rappelant cette extrême sensibilité dont témoignait Marguerite sur la question de ses cheveux, à l'image de toutes les femmes qui les avaient trop fins. C'est comme ses hanches, ajoutait-elle juste parce qu'une idée en entraîne une autre, ses hanches, il ne faut pas lui en parler.

— Tu exagères, opposa Michel, elle est mince comme tout. Un roseau.

Sabine ne disait pas le contraire. La belle affaire que Marguerite soit fine avec ce qu'elle mangeait : rien. La privation n'avait cependant aucun effet sur sa région postérieure et Marguerite continuait de faire face à un sérieux problème de pantalon, était-ce bien sérieux de risquer l'anémie pour rester au seuil du 40, Sabine posait ce soir la question. Les femmes callipyges, c'est beau en peinture mais moins en jean, crut-elle bon d'ajouter. Personne ne se gaussant, Sabine rappela le caractère permissif de la date, cette règle universelle voulant que le samedi on puisse se lâcher. Sinon, franchement, c'est quand ?

Michel, qui nourrissait pour Marguerite d'assez nobles sentiments et que Sabine commençait à courir, précisa qu'il s'agissait, chez l'intéressée, d'une démarche médicale bien plus sérieuse qu'un marathon visant à rentrer dans des fringues sous-taillées. Désirait-on qu'il en expose les contraintes ? Diète hydrique, commença-t-il sans autorisation, riz complet, oxygénation, deux footings par semaine, trois pruneaux par jour en dehors des périodes de jeûne. Marguerite prenait soin d'elle, ce n'était pas interdit, l'on voudrait d'ailleurs que ce soit plus répandu chez les femmes, suivez mon regard. On a compris Michel. Michel mentionna en sus l'irrigation du côlon au café vert qui impliquait du café vert, une baignoire et… Michel s'il te plaît.

Sabine savait tout cela. Elle ne savait pas, en revanche, ce que cachait comme saleté cette obsession de pureté intérieure. On ne se vide pas les tripes comme ça, sans raison. C'est tout ce qu'elle en disait, Sabine.

— Mais elle ne cache rien, Marguerite ! C'est la femme la plus honnête au monde ! s'éleva

Michel, peut-être un peu haut, peut-être un peu vivement pour les circonstances et surtout pour quelqu'un qui n'était pas le mari de Marguerite.

Pour la seconde fois de la soirée, il fit converger vers lui des regards peinés.

— Pardon, dit Michel, songeant que c'était foutu, qu'il passerait sa vie à produire des malentendus, que jamais il ne parviendrait à se rendre durablement sympathique, bon Dieu mais comment font les autres. Il prit de lui-même le parti de se faire plus rare dans la conversation.

On passa à Paul pour passer à autre chose.

De Paul, tout le monde en tombait d'accord, il y avait peu à dire mais cependant que du bien. Un type agréable, drôle, des manières, de la délicatesse. Y avait-il encore des hommes pour vous tenir la porte et le filet à provisions ? Oui, il y avait Paul. Et puis cette séduction nonchalante, et puis ce calme inébranlable, si peu soluble dans la fébrilité de Marguerite. Et puis ce truc rare qu'il avait, ce comment dire. Supplément d'âme.

Le supplément d'âme, en effet, chacun ou presque l'avait repéré. C'est quelque chose qu'on ne pouvait pas lui enlever à Paul.

Michel n'était pas tout à fait d'accord mais il se retint de le mentionner, craignant que cela ne lui retombât à nouveau sur la figure.

— Au fait, qu'est-ce qu'il fait déjà Paul dans la vie ? interrogea Ariel qui ne pouvait pas se souvenir de tout car il connaissait beaucoup, beaucoup de gens.

Bonne question. Personne ne put fournir une

réponse claire. Marguerite on savait, ce n'était pas suffisamment original pour être oublié. Elle gérait quelque part les ressources humaines d'une filiale de quelque chose et se déchargeait beaucoup sur Sabine. Oui mais Paul ? Difficile à dire. Cela n'était pas sans rapport avec le droit public, l'environnement, la qualité de l'air. De l'eau peut-être. En fait, on ne savait pas trop. D'autant que Paul, observant pour le moment une phase de remise en question, n'excluait pas de changer de voie. Il faudra lui demander en personne. En admettant qu'il arrive un jour.

Appartement Marguerite et Paul

— C'est pas vrai ! se récrie Paul.

Une manipulation involontaire de la télé-commande vient de le débarquer au cœur d'un match de phase finale qui ne l'a pas attendu pour commencer. Manquait plus que ça. Racing-Montpellier se jouait ce soir et il ne s'est trouvé personne pour le lui rappeler, comme par hasard. Ça, pour le tanner avec le marché de l'immobilier, il y a du monde. En attendant il a raté le coup d'envoi, merci qui.

— Arriver maintenant, c'est une effraction, je déteste ça, dramatise Paul.

C'est surtout qu'il aime voir les joueurs sortir au petit trot des vestiaires, ouïr du public les hymnes supportaires, apprécier le gazon avant les labours, les chaussettes encore propres, les étreintes viriles, les taloches fraternelles, ce côté *Morituri te salutant* qui fait toujours un peu frémir, on a beau savoir que c'est un jeu. Évidemment Marguerite à ces choses-là ne comprend rien et je t'en supplie, va te changer, ce vert m'agresse.

— Ça se débarrasse un peu vite du ballon, ça n'a pas une défense organisée, estime, de son côté de l'écran, le commentateur sportif avec un bel accent du sud de la Loire. Le problème étant, selon lui, que Montpellier tarde à prendre position dans le match et que le Racing, lui, tarde à en profiter.

Ce qui vaut pour Montpellier vaut pour Marguerite. Ce serait bien de prendre position, en effet, de retenter quelque chose, d'évaluer les options stratégiques, de se mettre un peu la pression. Ce n'est pas l'anniversaire qui va venir à Paul, qu'on sache. De fait, cravachée par l'urgence, Marguerite conjecture. Option une, culottée, novatrice : user de charmes exceptionnels, convaincre Paul par les sens, une fois n'est pas coutume. Le plan consisterait à aller se changer ainsi qu'on l'y invite, à revenir très vite se planter devant le match, juste revêtue d'un imperméable qui laisserait grivoisement entrevoir le mystère d'une guêpière rouge et noir. Paul voudrait alors en savoir plus. Elle dirait d'accord mais à mes conditions, lesquelles seraient de monter dans un taxi et zou. Option deux, plus simple : l'aveu. Génial, dirait Paul, une fête. Très improbable, songe aussitôt Marguerite. Paul est, de toute évidence, mal disposé, il pourrait réagir en animal piégé, disparaître. On le connaît Paul.

Tandis qu'un certain Bergerac, buteur de son état et résident de l'Hérault, inscrit au pied son cent trente-neuvième point de la saison, Marguerite se donne encore le temps de réfléchir.

Au contenu du SMS à adresser à Sabine, au fait qu'elle ne possède pas de guêpière rouge et noir. Pour tout dire, elle n'a jamais tellement su ce que c'était, une guêpière, ni plus généralement travaillé le sujet lingerie. Elle n'a pas que ça à faire, Marguerite. Elle bosse.

Bientôt, elle s'installe bien au fond du fauteuil blanc, face à Paul, c'est-à-dire à côté du téléviseur. Son reliquat de brushing vient mourir écrasé sur l'appui-tête. Renoncerait-elle ? Non. Marguerite garde évidemment à l'esprit le nombre de personnes en suspension dans Paris, le caractère tarifé de l'accès au bar, les complications qu'un tel obstacle ne manquera de faire surgir dans un lieu privé, un samedi soir, complications qu'elle a bien l'intention d'éviter. Elle traînera, mort ou vif, Paul sur cette terrasse. Mais juste une chose : Paul a déclaré tout à l'heure préférer se faire chier à domicile. Expression d'un problème relationnel latent. Et dans une boîte qui tourne bien, on n'ajourne pas l'arbitrage des problèmes relationnels. Ou alors, ça ne tourne plus.

— Tu m'as informée que tu t'ennuyais, formule très professionnellement Marguerite, je te demande à mon tour : depuis quand et sais-tu pourquoi ?

— Qu'est-ce qu'il te prend ? s'émeut Paul avec cette faculté d'amnésie qu'ils ont.

— « Tant qu'à s'emmerder, on le fait très bien à la maison », restitue Marguerite.

— Ah ça, fait Paul qui choisit alors pour

se défendre la première figure rhétorique qui lui vient, la plus simple après le déni, la généralisation.

Il ne sous-entendait pas qu'il se faisait chier — d'ailleurs a-t-il été si grossier ça l'étonne ? —, qu'il s'ennuyait particulièrement à la maison, particulièrement avec Marguerite. Il s'ennuie dans l'absolu. La météo, la télévision, la récession, et puis les gens sont des cons, alors voilà Paul s'ennuie tout court et Marguerite l'a pris pour elle. Forcément, Marguerite est paranoïaque. À part ça, trois mêlées en moins de dix minutes et deux coups de sifflet, ce n'est pas un jeu propre, Paul regrette de ne pas être l'arbitre : il te convoquerait les capitaines sur-le-champ, on l'entendrait.

— Tu vas me dire, conçoit-il, je ne suis pas arbitre, précisément.

— Précisément, valide Marguerite, rappelant qu'elle attend toujours une explication.

Et comme elle tarde un peu à venir, Marguerite se saisit de la télécommande.

Montpellier entre dans les vingt-deux mètres.

Marguerite pose un pouce autocratique sur l'interrupteur.

— Je te déconseille de faire ça, prévient Paul car il s'agit d'un ballon porté qui pourrait changer toute la physionomie du match.

— Tu ne me laisses pas le choix, informe la part DRH de Marguerite, celle qui en semaine licencie les incompétents, sucre les primes, passe les CV à la déchiqueteuse. La part pas très arrangeante.

Elle appuie.

Paul fixe un instant l'écran noir. Il pourrait se ruer, rugissant, sur Marguerite, la secouer jusqu'à ce qu'elle lâche la télécommande, l'envoyer se coucher avec un coup de pied au derrière. Certains lui trouveraient encore des excuses.

On va voir.

— D'accord, dit-il, pardon.

L'écran demeure noir et Marguerite immobile.

— Développe, dit-elle.

Paul n'est pas tout à fait sot, Paul est diplomate qui rassure le partenaire quant à l'atmosphère du foyer, sa tranquillité, son repos. Il évoque du quotidien la quiétude, le confort, la douceur. Mais la rhétorique est une tentation persistante. Tu remarqueras que je dis la douceur, souligne Paul, j'aurais pu dire la fadeur, mais non.

Prétérition, synonymes, et tout le bazar, Marguerite s'en prend plein la gueule et s'en rend compte.

— Et pourquoi tu dirais la fadeur, s'il te plaît?

Alors là, Paul baisse les bras. De son propre aveu, il baisse les bras. Il est aimable, on le rembarre, voilà bien Marguerite, on lui parle de douceur, elle s'énerve. Il ne voulait pas le dire, mais quand même : hystérique. Et Paul rallume la télévision pour constater qu'un pilier du Racing est étendu sur l'herbe, sonné. On va suivre le protocole de la commotion cérébrale, informe sommairement le commentateur professionnel qui fut joueur en son temps, quinze minutes au vestiaire et on verra si ça peut revenir jouer. Mon

Dieu, et si ça ne pouvait pas ? s'émeut le journaliste maison, salarié par la chaîne pour assurer la dimension affective. On en fera entrer un autre, répond l'autre parce que lui, c'est la dimension technique, uniquement.

Marguerite adresse un court message à Sabine. Léger contretemps, nous arrivons.

Vacillant, l'homme commotionné s'extrait du terrain. Paul invite Marguerite à aller faire un tour dehors, elle aussi. Ça la calmera, elle pourra montrer sa belle robe, et pendant ce temps, lui, il profitera mieux de la tranquillité du foyer.

— Quand tu es comme ça, confie Marguerite, je pourrais te tuer.

Mais il s'agit, là encore, d'une figure rhétorique, connue sous le nom d'hyperbole. Les figures rhétoriques en général y passent toutes, c'est le côté scolaire du conflit. Tiens encore une, c'est Sabine par téléphone : « Déjà ? » signe-t-elle en réponse à Marguerite.

Toit de l'hôtel, extérieur nuit

Vingt et une heures. Lourds et drapés de blanc, trois chariots parurent. Alexandre se leva afin d'additionner ses bras intérimaires à ceux qui déjà les propulsaient. Les types en noir l'accueillirent fraîchement et s'enquirent de son nom.

— La bouffe ! s'exclama-t-on de concert.

Non, il ne s'agissait pas encore du buffet. Il s'agissait des assiettes et ces fausses entrées ça commence à suffire, comme si on n'était pas suffisamment déçu le reste du temps. On revint, légèrement agacés, au sujet qu'on aurait été heureux d'interrompre finalement, à savoir Paul et son petit passage à vide qui durait depuis quand déjà.

— L'année dernière, évaluait Michel.

— La quarantaine, c'est un cap, poncifiait Stan.

— C'est un pic, c'est un roc, c'est une péninsule, complétait obsessionnellement Virginie.

— On devrait mourir à trente-neuf ans, suggérait Benoît, ton badin, regard fixé sur l'horizon urbain.

Ariel objecta que ce serait bien dommage. Trente-neuf ans, c'était précisément là que tout commençait, au soir de la trentaine conquérante, sans vouloir généraliser, quand les questions immatures ont enfin trouvé réponse. Qui suis-je, on le sait, où vais-je, on y est, la priorité de l'œuf ou de la poule, on s'en fout, la question n'est plus que de savoir ce qu'on peut devenir de mieux et posséder en plus. Un moment passionnant.

— Pour ceux qui passent leur temps à se regarder le nombril, oui, peut-être, maugréa Stan.

— C'est fou comme d'ici on voit bien La Défense, releva Benoît.

Un moment formidable, insistait Ariel qui regrettait que Paul fût en train de passer à côté. C'est tout de même navrant ces gens qui ne jouissent de rien. Michel rappela pour la défense de l'absent que Paul n'était pas complètement à la ramasse non plus : il avait démissionné et songeait à la création d'entreprise. Il en fallait du cran.

— Il a été viré, corrigea Benoît, le cran n'a rien à voir là-dedans. Vous aviez remarqué qu'on était si près de La Défense ?

— Sa boîte de quoi déjà ? demanda Stan.

Michel, qui était pourtant un proche, avoua ne pas avoir d'éléments sur ce sujet. Il n'était pas sûr que Paul en ait lui-même, enfin c'était un détail. Il s'inquiétait surtout pour Margue-rite. Un an déjà que Paul effectuait son passage à vide. Elle allait craquer.

Stan voulait tout de même que l'on sache que la vie d'entrepreneur ce n'était pas de la rigolade. Est-ce que Paul se rendait compte, les cotisations sociales, la RSI, les frais généraux, les huissiers? Il se croit plus malin que les autres, Paul?

— Tout va bien Stanfield, s'empressa Virginie.

Sabine appela à davantage de mesure. D'une part, Marguerite n'allait pas craquer, avec ce qu'elle s'envoyait comme calmants, Marguerite ne craquait jamais. D'autre part, si Paul n'avait pas encore monté sa boîte, c'est juste que Mar-guerite n'y tenait pas. Elle est d'un rigide si vous saviez, tout ce qui ressemble de près ou de loin à l'inconnu, elle s'oppose. Mon stagiaire antil-lais par exemple. Eh bien, elle n'en a pas voulu, de mon stagiaire antillais. Oui, mais bon, ça en même temps, commença Stan, vite arrêté dans l'expression de ses convictions d'employeur par la main de Virginie. Ce n'est pas comme s'ils avaient des gosses à nourrir, rappelait amicale-ment Sabine, il pourrait la monter, sa boîte. Sa boîte de quoi, insistait Stan, qui voulait bien lui céder la sienne, communication visuelle tous supports et fournisseurs impayés. Sa boîte de quoi et sous quelles formes juridiques, SA, SCI, EURL, soyons précis.

Il devenait pénible, l'entrepreneur.

Sabine lui fit valoir que ce n'était pas la question à la fin, l'essentiel étant que Paul se sentît bien. Et Ariel, qui avait décidément le don des langues, l'invita à open his mind.

— Pardon ? s'énerva Stan.

— Du calme, tempéra un invité encore inconnu au bataillon.

Il conjura les hôtes de ne pas déplacer les uns sur les autres une nervosité qui n'avait d'autre objet que la faim. Le vin dans les estomacs vides développait une acidité qui se manifestait dans les discours, attention, par ailleurs, ce n'était pas les tours de La Défense mais celles de la Bibliothèque nationale, vous ne sortez jamais ?

— Non, dit Benoît.

— Tout le monde est très calme, assura Ariel, admettant cependant qu'il n'avait jamais attendu de la merde avec autant d'impatience. Si, peut-être sur le Thalys, Paris-Bruxelles, quand vous êtes voiture huit et que le chariot de restauration démarre à la une. Enfin, à l'époque lointaine où il prenait le Thalys.

— Et pourquoi t'es si sûr que ce soit de la merde, bouffon ? ne put se retenir davantage Stan.

Et il troussa sa chemise sur un bras que Virginie ne pouvait plus domestiquer.

Qui s'attendait à y voir dessiné quelque chose d'agressif à l'encre bleue, loup, samouraï, contours géographiques de l'Irlande, constata, désappointé, qu'il n'y avait rien d'autre à voir qu'une pilosité ordinaire.

Appartement Paul et Marguerite

— Sortons quand même dîner tous les deux vite fait, on réglera ça plus tard, tente encore de s'imposer Marguerite face à une concurrence toujours plus difficile.

Disons qu'Escroizaille vient de franchir la défense adverse en deux crochets, que c'est maintenant un ballon au pied qui pourrait apporter de bonnes surprises, c'est vrai qu'on les attend toujours. Attention au rebond toutefois, alerte mollement le commentateur avé l'accent.

— Régler quoi ? relève Paul, sans dévier de l'axe Y-Y qui le relie à l'écran. À ce qu'il sache, il n'est de règlement que là où il y a litige. Marguerite pourrait-elle désigner clairement les problèmes plutôt que de les suggérer ? C'est faux cul, Marguerite, et fatigant.

Sur quoi, Paul hausse le son au maximum. Tout locataire de l'immeuble apprendra, sauf problème d'audition, qu'un attaquant s'est attiré une pénalité pour avoir conservé le ballon, que ce n'est pas la première fois, qu'à ce train-là le type n'entrera jamais en équipe de France.

— Pourquoi ce soir? déplore Marguerite.

— Ce soir que quoi?

— Pourquoi régler nos comptes ce soir? Tu gâches tout.

À partir de là, comme si l'on n'avait pas vu le marquage au sol ou raté la bretelle, la conversation s'en va visiter ces zones marécageuses et mal fréquentées qu'il s'agissait précisément d'éviter. En trois mots comme en cent, l'irruption du terme «comptes» fait dire à Paul que Marguerite est encore à parler de pognon, comme d'habitude. Ça l'énerve. Marguerite se défend d'avoir voulu parler d'argent, il n'est pas question de parler d'argent ce soir, de toute façon. Paul, ça l'énerve : il parle encore de ce qu'il veut, oui ou merde? Entendu Lapin, s'aplatit Marguerite, tactiquement bonasse. Une passe magnifique illumine le téléviseur et un instant la face de Paul. Une chistera, précise Paul pour l'inculte ici présente, techniquement assez balèze, à ne pas confondre avec le panier basque du même nom, il s'agit là de passer la balle dans son dos sans se louper, rarissime, et au passage, c'est le dernier Lapin qu'il supportera. Parce que ça l'énerve. Lapin, c'est la castration pure et simple, c'est viens ici que je te coupe les couilles. D'accord, dit Marguerite, pardon. Paul, ça l'énerve cette soudaine façon de s'écraser, putain que ça l'énerve, Marguerite le prendrait-elle à nouveau pour un con ? Et Marguerite pourrait-elle répondre à ce téléphone ou l'éteindre et d'abord c'est qui ? Personne, prétend Marguerite alors que c'est Sabine, mais que voulez-vous qu'elle lui dise, à Sabine. Contretemps prolongé, rédige-t-elle à la hâte, tandis que Paul exhume, pourquoi ce soir, pourquoi maintenant, des dossiers de Mathusalem. C'est qu'il a des pièces à verser, c'est qu'il n'a pas parlé de castration en l'air, et d'ailleurs ce serait bien d'arrêter de penser qu'il parle toujours en l'air, parce que ça l'énerve, comme ce match poussif qu'il se tape faute de mieux, sans vouloir être vulgaire. Castration donc, à quoi il ajoute privations des libertés individuelles, au pluriel, parce qu'à un moment, il faut appeler un chat, un chat, s'emporte Lapin. Pièce numéro un : l'année dernière, les vacances. Est-ce qu'on lui a demandé à lui s'il aimait les Pyrénées ? Parce qu'il n'aime pas. Trop haut, trop d'air, trop de fromage, et inviter Michel, c'était le bouquet. Pièce numéro deux : l'argent, puisque Marguerite insiste. Mais, plaide Marguerite. Je parle, nom de Dieu ! L'argent donc. Il n'a pas de problème d'argent mais, pour la millième fois, des problèmes de tré-so-re-rie. Si madame, parce qu'elle a sa gamelle tous les vingt-huit du mois, n'est pas capable de faire la différence, que madame se taise, parce que ça l'énerve cette obsession du pognon, mais alors de plus en plus.

De pièces sorties de nulle part en preuves à

charge, Paul continue d'instruire, libre à nous de l'écouter. À un moment, vers la trente-neuvième minute du Racing-Montpellier, tout cela lui rappelle que sa mère le lui avait bien dit. Celle-là, soupire Marguerite, plus par mécanisme qu'autre chose, et c'est bête parce que Paul allait se calmer. Mais Paul, il ne faut pas lui parler de sa mère, c'est comme ça. Une sainte qui n'a eu qu'un seul enfant de manière à tout lui donner et qui s'est fait remercier par un cancer des ovaires, parce que la vie est une chienne. Alors, on la respecte sa mère, on ne dit pas «celle-là» comme pour personne. Et là, Marguerite dans le genre sabordage en fait une belle : ce n'est pas pour l'usage qu'elle en faisait ta mère, en revanche moi, j'en ai au frais, si ça t'intéresse, qu'elle dit. De quoi ? fait Paul. Des ovaires, dit Marguerite.

Il faut voir la tête de Paul. Entre stupeur, dégoût, réflexe vomitif à peine contrôlé, tout cela témoignant, à mon avis, d'un refus viscéral de féconder.

Fin de la première période. 18-12 pour le Racing, ce qui est bien mais pas terrible, à l'image de leur saison. C'est aussi que le terrain est lourd et les joueurs fatigués, allègue la voix off.

Toit de l'hôtel

Selon des rumeurs d'apéritif toujours difficiles à certifier, Ariel aurait évité la rage de Stan en lui parlant doucement et à distance des bienfaits comparés de la violence et de la diplomatie. L'une étant le fait des ratés, des détenus, quand l'autre serait le secret des ministres, des artistes en résidence, des patrons du Cac 40. Il aurait ainsi convaincu Stan d'émarger à la seconde catégorie, en cela assisté de Virginie qui dispensait en stéréo, d'une voix d'aéroport, des conseils d'autorelaxation. Tu vois ton corps allongé dans les pâquerettes, Stanfield, mais tu n'y es pas dans ton corps, tu es très au-dessus.

Tout cela paraît tout de même un peu gros.

Toujours est-il qu'à l'angle nord-est de la terrasse, un Ariel en parfait état entretenait désormais Alexandre de ses voyages septentrionaux dans un italien d'Assimil. Il connaissait Roma, naturalmente, il connaissait les Pouilles et vendrait la madre pour la burrata de là-bas, il connaissait le Val d'Orcia, tutta la regione a un fascino immenso, è come dici? Féminin, sensuel?

— Sensuale, suggérait Alexandre.

Ariel connaissait Florence, simpatico, quoiqu'on s'en lasse de Florence, et puis ce problème d'hôtellerie qu'ils ont, c'est tout de même inouï, je ne sais pas ce qu'en penserait Michelangelo.

Se souvenant qu'il parle à un serveur, il délivre en quelques mots la notice de Michel-Ange, scultore prolifique et subventionné du seizième siècle, a fait ce qu'on trouve de mieux à Firenze, au hasard la fontaine de Trevi. Ce qu'Alexandre ne corrigea d'ailleurs pas. C'est jeune, ce n'est pas tatillon. C'est surtout que ça regardait ailleurs, ça regardait la fille.

— Avec l'auxiliaire *avere*, quand le COD est placé avant le verbe, on accorde ou pas? interrogeait Ariel, qui voulait à propos de Florence placer un dernier avis bien senti qui lui posait un problème de grammaire.

— On accorde, on accorde, assurait Alexandre qui cherchait à quel prénom pourrait bien s'accorder cette fille qui s'accordait si parfaitement avec ce qu'elle portait. Une sorte de tunique blanche, d'une pièce, pas vraiment courte, pas vraiment décolletée. Anne, Oriane. Viviane peut-être.

Ariel connaissait aussi la Sicile, penso che debba assolutamente ritornare a Noto, les ruines j'adore, le baroque mi piace, cette pauvreté qui se tient bien, j'adore, anche les rosiers grimpants. Et vous, da dove sei, déjà?

— Milan.

— Ça Milan, mon garçon vous n'avez guère de chance avec Milan, c'est d'une laideur. Je vous comprends. Je me serais tiré aussi. Vous aimez la France?

— Ma, émit Alexandre, levant vers le ciel les paumes de ses mains avec ce sourire fataliste qui a fait beaucoup pour la réputation de branleurs des Italiens.

Au sud-est, le reste des invités demeurait en une unique grappe et tentait de maintenir la conversation. Très légèrement en retrait de la communauté, éternelle victime d'un karma de refoulé dont on ne veut toujours rien savoir, Michel constituait un troisième groupe singulier. Son incapacité à dire du mal des gens le rendant suspect, on avait cessé de l'intégrer à un débat dont l'enjeu était de toujours mieux connaître les absents.

D'ailleurs, qu'est-ce qu'on disait déjà? Oui, Marguerite, Paul, un couple qui faisait plaisir à voir malgré tout. Quoique, ce n'est pas faux ce que tu disais tout à l'heure, elle ne mange pas grand-chose, ça ne lui va pas plus que ça les côtes apparentes, et ses cheveux aussi, c'est bizarre cette manie de les crêper, enfin ce qui compte chez une femme, c'est le rayonnement. Marguerite était tout de même rayonnante.

Rayonnante, rayonnante, c'était vite dit, selon Sabine. Un miracle d'UVA et de cosmétiques que le rayonnement de Marguerite, un malentendu.

De près et en plein jour, ça ne rayonnait pas tant que ça, foi de Sabine qui se trouvait être son vis-à-vis dans un bureau de douze mètres carrés : une pâleur d'aspirine, des cernes à faire peur et régulièrement, sur la lèvre inférieure, un bouton. Marguerite n'allait pas très bien en somme, et pour cause.

Sabine prévint qu'il serait ennuyeux pour son avancement que soient colportées les vérités qu'elle s'apprêtait à déballer. D'ailleurs, elle n'allait pas le faire, tout bien réfléchi. La vérité, on la regrette toujours.

Grands dieux mais quoi donc ?

Non, non, Marguerite faisait confiance à Sabine et Sabine y tenait. Si encore on pouvait lui promettre que ça ne sortirait pas d'ici.

Des tombes. Juré.

Voici. Marguerite n'éprouvait pas que le souci capillaire, lequel n'était rien en regard de ceux qu'elle rencontrait sur le plan sexuel. Qu'ai-je dit, mais quelle conne, regretta, mais trop tard, Sabine, l'alcool je vous jure.

C'est-à-dire ? ne l'épargna pas l'assemblée.

Sabine se fit violence : c'est-à-dire qu'ils ne baisent plus, expira-t-elle, depuis longtemps.

— Je m'en doutais un peu, soupira Michel, profitant de l'émotion pour tenter une réinsertion.

— La misère sexuelle, commenta Benoît dans son registre habituel, ça vous rattrape tous un jour.

Les autres proposèrent quelques variantes de « Merde alors ».

Plus loin, la jeune femme brune en tunique blanche avait posé son verre. Elle cherchait du regard quelque chose dans la direction d'Alexandre et Alexandre ne doutait plus que ce regard-là fût pour lui, à présent qu'elle avait éconduit Ariel. Il pouvait tout à fait plaire à cette catégorie de filles brunes légèrement tristes. Les grandes blondes, il eût été moins sûr de lui, mais là, franchement, il correspondait à ce qu'une petite brune pouvait non pas espérer de mieux, restons modestes, mais trouver à son goût. Il s'appliqua à rester indifférent, tandis que le regard de la jeune fille brune l'atteignait, le survolait, se portait ailleurs car il cherchait en réalité un sac à main. L'accessoire repéré, la jeune fille s'en saisit de cette manière décidée qu'on a lorsqu'il s'agit de partir. Elle retira de la besace un paquet qui semblait de Marlboro Light, le replaça, fourragea à nouveau, fit émerger un téléphone. Elle consulta l'appareil sans bienveillance puis l'envoya vivement rejoindre les Marlboro. De toute évidence irritée, elle arrima son sac, retira de l'une des anses une pince crocodile, releva d'une main ses boucles que vinrent mordre les crocs de la pince. Il y avait dans tout cela un certain érotisme. Puis elle se dirigea vers le fond de la terrasse, autrement dit la sortie.

Ce qui serait pas mal, c'est qu'Alexandre réagisse avant qu'elle disparaisse. Qu'on obtienne au moins son prénom, à cette fille. Mais Alexandre ne bougeait pas. Ariel lui tenait la jambe à propos d'une vieille et triangulaire passion qui l'avait conduit à profiter de l'hospitalité de Francesca et Alberto, tout un hiver à Sienne, bellissimo ricordo.

La brune se dirigea vers le groupe, envisageant de le saluer sans doute, produire une excuse et partir pour toujours vers d'autres cieux, vers un destin peuplé de types qui pourraient lui manquer de respect ou même l'épouser. Ce n'est pas qu'Alexandre, pourvu d'un ego standard, se prenne pour le destin de qui que ce soit, c'est que cette brune, cette brune même pas complètement fantastique, le saisissait, l'appelait, le, vous allez dire qu'on en rajoute, magnétisait.

Il se précipita, la rejoignit, pas trop vite parce c'est effrayant un inconnu qui vous court après. Un inconnu qui ne sait quoi dire alors qui dit n'importe quoi. Par exemple, que ça n'a pas encore commencé, que ce pourrait être bien cette fête, les débuts de soirée merdiques sont toujours très bon signe, enfin parfois, bon d'accord rarement mais considérez que d'ici on verra les étoiles, restez, vous voulez que je vous conduise quelque part, j'ai ma voiture.

Appartement Paul et Marguerite, palier

— Le problème de ces appartements-là, c'est l'insonorisation, il n'y en a pas, soumettait la locataire du deuxième gauche à celle du premier qui déplorait en retour qu'on ne puisse jouir, dans le même temps, des moulures, des cheminées et de l'isolation phonique.

— Vous en avez beaucoup vous des moulures, au premier ? s'inquiétait la deuxième gauche qui n'aimait guère l'idée que ses murs soient moins garnis que les murs des autres. Parce que moi, pas beaucoup.

— Dans chaque pièce, assurait la dame du premier, des pommes, des rosaces, des feuilles d'acanthe, tout le saint-frusquin. C'est aussi que nous avons l'étage entier. La deuxième gauche confessa qu'elle n'occupait que la moitié du sien. Elle avait cependant cette chance que son appartement fût orienté sur cour quand celui des résidents d'à côté donnait sur l'avenue, pas de bol. À quoi la voisine du dessous opposa que, si son logis donnait sur la cour, soit dit pour sa culture personnelle, c'est qu'il constituait les communs avant séparation de l'habitation d'origine. L'office, les cuisines, le coin des bonnes, si vous préférez. L'appartement sur l'avenue correspond, lui, aux anciennes pièces de réception, c'est passionnant, n'est-ce pas, ça s'appelle l'aménagement du territoire. Enfin, elles sont là, les moulures. Avec les parquets massifs.

La deuxième gauche n'en revenait pas. Alors, en plus de réveiller les honnêtes gens, de s'essuyer les pieds sur un paillasson qui n'était pas le sien, la mal-baisée d'à côté s'était gardé les plafonds décorés?

Voilà, c'est ça.

Quelque chose avait tantôt réuni ces deux femmes sur le palier, et ce n'était pas que le goût des robes de chambre, c'était le bruit. C'était que l'on entendait les échanges cordiaux et la télévision de ces gens du deuxième droite, aussi nettement que si l'on se fût trouvé sur leurs genoux, avait plus tôt dans la soirée estimé madame du premier, juste avant d'enfiler une longue chasuble de satin mauve et des mules assorties. Elle s'était décidée à monter, avec sa phlébite encore, et le satin qui ramassait la poussière des marches à croire qu'on ne payait personne pour les garder propres, dans la ferme intention de faire valoir son droit au sommeil du juste. Et puis sur le palier, elle avait trouvé l'autre là, collée contre la porte des fâcheux, enveloppée dans ce grand machin indécent imprimé de fleurs d'hibiscus qui aurait davantage convenu aux plages du Pacifique qu'à une ronde de nuit dans l'immeuble mais enfin.

Et c'est ainsi que l'on s'était retrouvé à papoter classes sociales, ornements plâtriers et nuisances sonores, devant la porte de Paul et Marguerite. On en avait oublié l'enjeu du déplacement : sonner.

— Ça continue, disait la deuxième gauche adhérant toujours au panneau. C'est surtout elle qui gueule, j'ai l'impression. Je vais vous dire, ça ne m'étonne pas. Au fait, Valérie, se présentat-elle, le V. devant mon nom sur la boîte aux lettres, c'est Valérie.

— Gentil prénom, dit madame du premier sans faire l'offrande du sien, vous comprenez ce qu'ils disent ?

— Pas vraiment, regretta Valérie, elle est trop aiguë, lui trop grave et il y a la télé. Vous voulez écouter ?

Qu'on puisse l'imaginer compromettre une partie de sa personne, ne serait-ce qu'une oreille, en l'appliquant sur la porte d'un inconnu fit doucement sourire madame du premier. Sans façon, merci. Vous les connaissez bien ?

— Bonne question, estima Valérie.

Et s'adossant à la porte pour mieux réfléchir, elle rajusta son paréo de nuit, au grand soulagement de madame du premier que dérangeait depuis un moment la vue de cette gorge opulente au fond de laquelle luisait sans gêne la tour Eiffel en plaqué or.

Les connaître, de l'aveu de Valérie, c'était beaucoup dire. Ce n'était pas faute d'avoir sondé le terrain, posé des questions habiles, suggéré une fois ou deux un petit porto pour faire connaissance. Le fait est que ces gens n'étaient guère causants, voire bégueules, bonjour, bonsoir. Aussi ne savait-elle d'eux que ce qu'une certaine science de la déduction lui avait appris. Elle, la femme, portait un prénom de vieille vous n'avez pas idée. Marguerite. Marguerite avait des horaires de coucou suisse et des vêtements assez chers à ce que Valérie pouvait inférer des sacs en papier floqué qui atterrissaient dans les poubelles communes. Marguerite claquait la porte à huit heures moins dix tous les matins, la reclaquait tous les soirs à dix-neuf heures quarante-cinq, sauf le jeudi, vingt et une heures trente. Elle avait donc une vie de bureau, suffisamment de responsabilités pour pouvoir s'acheter des tailleurs rue de Seine, pas assez pour rentrer à des heures qui ne fussent pas catholiques et certainement une activité sportive le jeudi soir. Du yoga.

— Pourquoi du yoga ? ne put s'empêcher de s'intéresser madame du premier.

Valérie représenta que la voisine était fichue comme une ablette, une pâleur d'endive et pas un pet de muscles. Que pourrait-elle pratiquer à titre de sport en dehors du yoga sans se casser quelque chose ? En même temps, tempéra Valérie, je me disais l'autre jour, elle porte un parfum de vierge, un truc à la verveine et moins érotique

que la verveine, je ne connais pas. Conclusion, elle n'est pas portée sur la bagatelle. Elle pourrait donc chercher à se fouetter les sangs avec quelque chose de bien remuant, squash, Body Sculpt, ces singeries-là. Valérie convenait que l'hypothèse était plus audacieuse, davantage tirée par les cheveux.

— Effectivement, murmura madame du premier avec une perceptible admiration. S'adossant à son tour à la porte, elle invita Valérie à poursuivre. Et lui ?

Lui, Paul qu'il s'appelait, c'était plus compliqué. Valérie disposait d'éléments contradictoires qui la portaient à penser que le type l'était aussi. Aussi bien un jour vous pourrez le voir — à la faveur de l'œilleton — partir en baskets au chant du coq et revenir quarante-cinq minutes plus tard, en nage, manifestement ravagé par une course de dératé. Aussi bien les trois jours suivants vous n'entendrez que la télévision. Et le quatrième, vous verrez le même type sortir à midi passé, frais et peigné comme un communiant, et revenir le soir, la raie de travers, va savoir ce qu'il a fait. De plus, grâce au facteur qui n'avait pas les yeux en face des trous, Valérie recevait parfois dans sa boîte le courrier des autres qu'elle se gardait bien d'ouvrir à la vapeur. Ainsi avait-elle observé que, ces derniers mois, Paul pouvait être le destinataire tant de missives de Pôle Emploi que d'enveloppes de l'Urssaf. Un oiseux créateur d'entreprise ? Paradoxal. En revanche, le Trésor public s'adressait distinctement à Paul et à Marguerite. Aucun contrat marital ou équivalent ne liait donc leur situation matérielle. Tant mieux pour Marguerite car Paul venait de recevoir un courrier de la Banque de France et cela ne présageait rien de bon. La Banque de France n'écrit pas des cartes d'anniversaire en général. Ils n'avaient pas d'enfants. Sauf à ce qu'ils soient déscolarisés et enfermés dans un placard car Valérie n'en avait jamais vu, des gosses à cet étage, autrement qu'en visite. Elle voyait bien que l'ablette était triste quand elle la croisait dans l'escalier. Rêveuse au mieux. Et que lui avait la tête du type qui était simplement là plutôt qu'ailleurs. En gros, résuma Valérie, je leur dirais, moi, si c'étaient mes affaires et si l'on se parlait librement, qu'ils n'ont rien à faire ensemble.

Madame du premier, qui ne connaissait de la vie des gens que ce qu'une certaine série quotidienne de France 3 voulait bien lui en laisser entrevoir, s'amusait bien plus follement sur ce palier. Elle le fit savoir à Valérie.

— Vous regardez cette merde ? s'étonna Valérie, avouant illico qu'elle aussi.

— Vous avez remarqué, souligna madame, on n'entend plus rien. Ils ont dû aller se coucher.

— En laissant la lumière ? dit Valérie, désapprouvant du chef. Ils se sont peut-être entre-tués, plaisanta-t-elle.

— Oh oui, oh oui ce serait si drôle, dit madame tout excitée. Sur quoi, elle confia d'une voix de pensionnaires qui se racontent des cochonneries sous les draps, qu'elle s'appelait Jeanne. Et que l'homme avec qui elle vivait n'était pas son mari. Il était mort, son mari.

— Mais alors, chuchota Valérie déplaçant ses mains des pans du paréo pour les placer sur ses hanches, ce qui eut pour effet de libérer à nouveau sa plastique nourricière, mais alors, c'est qui cet Armand qui vous écrit toutes les semaines ? Et ne me dites pas que c'est votre fils, il fait les majuscules comme un instit d'avant guerre.

Toit de l'hôtel

Qui c'est ? dit Benoît, désignant un large type bronzé arrivant à grandes foulées sur le groupe. Le genre de baraque intimidante, développée du trapèze et qui se fout de votre opinion. Au moins assez pour porter, sur des sandalettes en cuir, un jean hors d'âge roulé à mi-mollets ainsi qu'il est d'usage de le préserver pour aller aux moules et sur lequel on avait manifestement essuyé un pinceau de gouache blanche. Coiffant tout cela, un blond cendré dénotant de solides gènes vikings, des yeux assortis à l'Atlantique, une chiffonnade de chanvre pour chemise, et aux poignets la quantité de bracelets, métal ou fils de couleurs, qui signale les affranchis. Le genre à faire de la voile mais aussi des investissements fonciers ainsi que, peut-être, en dilettante, de la peinture non figurative. Le genre à déchaîner chez les femmes des sentiments contrastés, maternels ou ancillaires, le genre qui donne envie de s'attarder. La preuve, dix lignes pour ne rien dire à propos de ce personnage totalement secondaire au passage, inutile d'espérer.

— Je déteste ce genre de type, laissa échapper Benoît.

— Moi aussi, approuva Stan.

— Pourquoi ? s'étonna Michel.

Le Viking marchait vite et résolu. On crut un instant qu'il allait foncer dans le tas.

— Qui est responsable ? stoppa-t-il sans autre politesse, qui commande ?

— Moi, répondirent en chœur Stan, chez qui c'était une aspiration, et Ariel, chez qui c'était juste un réflexe.

Plus loin, Alexandre demandait son prénom à la brune qui répondait Alice. Alice en retour voulut savoir pourquoi Aldo quand on s'appelle Alexandre. Parce qu'Alexandre ne voyait pas d'obstacle à se choisir un prénom superbe plutôt qu'un prénom ordinaire. Il avoua que c'était l'un des actes fondateurs de son existence, pour l'instant le seul. Que cet acte ait eu lieu ce soir ne pouvait qu'être en rapport avec la présence d'Alice, alors ce prénom il le garderait. Bonne idée, dit Alice, estimant que l'accent en revanche, ce n'était pas obligé.

Loin de faire dans le ramassage de moules, le type n'était rien moins que le patron de l'établissement et par ailleurs totalement furax. L'objet de sa colère ? Un sien collaborateur venait de lui rapporter que la 112, 112 étant le chiffre de la chambre associée à la terrasse et désignant par extension celle-ci, que la 112, donc, avait engagé un extra. C'était pourtant clair. On loue la terrasse de l'hôtel, on fait avec les moyens de l'hôtel, on n'importe rien d'extérieur à l'hôtel, sinon les invités. Plus que clair, c'était contractuel. Le même zélé collaborateur, qui répondait à l'hellénique blaze d'Achille, avait en outre suggéré — attention c'était une suggestion insultante qui n'engageait que cet Achille, un peu raciste sur les bords — que compte tenu de son accent, l'extra pourrait bien se trouver dans une situation socialement discutable. De type clandestine. La totale.

— Alors ? résuma le patron s'adressant à Benoît qui devait faire plus chef que les autres. La taille certainement, ou encore la barbe. Lequel Benoît voulut bien se dévouer pour lui conter l'affaire en des termes économes — Aldo, c'est Alexandre, on s'en fout, ça change quoi — qui se révélèrent insuffisants. Le patron confia en des termes non moins économes qu'il n'appréciait guère ce petit ton. Il avait été poli jusqu'ici, mais il pouvait tout à fait se reprendre.

— Et mes lauriers, c'est pas des cendars, ajouta-t-il, constatant qu'au pied de ce qui n'était donc pas des troènes, différentes marques de cigarettes étaient désormais représentées.

À ce moment, Ariel jugea nécessaire d'intervenir, la célébrité débloque bien des situations. Il vint main tendue produire son nom à la face du propriétaire. Ariel le saura pour la suite, ça ne marche pas à tous les coups.

Appartement Paul et Marguerite

— Pauvre petit enculé.

C'est Marguerite qui vient de le dire et, vu la situation, c'est encore très modéré. Paul ne répond rien, laissant la parole au consultant sportif qui regrette l'absence sur le terrain d'un joueur qui aurait fait la différence dans le un contre un. Par exemple Albouy, présentement suspendu. Et à propos d'Albouy, s'il peut se permettre une remarque, neuf semaines de suspension pour un plaquage cathédrale, c'est très exagéré, on perd la mesure, on fait de plus en plus dans la répression.

— Pauvre petit enculé, répète Marguerite car parfois sur Paul les insultes ne portent pas du premier coup.

Tandis que nous étions présentés à l'affolant patron de l'hôtel, Marguerite avait eu des paroles maladroites. Commentant les liens, pas toujours clairs, qu'elle ne pouvait s'empêcher d'établir entre l'accès de Paul à l'emploi, leur accès à la propriété et son accès à la maternité, elle avait un peu insisté sur ce travail que Paul n'avait su conserver. Et ensuite sur tous ceux qu'il n'avait su prendre. Elle les avait évoqués un à un, rappelé les excuses que Paul avait trouvées, innovant chaque fois pour échapper au salariat, ou simplement à la rémunération. C'était trop loin, c'était trop peu, tel employeur avait mauvaise réputation, tel autre était sous alerte financière, untel avait la poignée de main humide. Les occasions que Paul ne voyait pas arriver, les offres qu'il ne sentait pas, les gens dont il se méfiait, les gens dont il était sûr qu'ils se méfiaient. Toutes les proies lâchées pour autant d'ombres, pas même des ombres, des fantasmes.

Sans vouloir prendre parti, c'est vrai que Paul est un peu comme ça. Ce qui avait été présenté l'an dernier comme un nécessaire épisode introspectif avait pris désormais valeur de mode de vie : Paul ne trouvait de solutions que pour les déclarer inadéquates le lendemain, épuisant chaque jour les programmes télévisés au motif de réfléchir à son statut dans notre société et à ceux de sa future entreprise. Mettez-vous à la place de Marguerite.

Paul avait alors demandé à celle qui se disait sa compagne quelle idée elle se faisait des devoirs attachés à pareille condition ? Soutien, réconfort et autres subventions, pour rappel. Et quel plaisir pervers pouvait-elle bien prendre, non vraiment ça l'intéressait les mécanismes du plaisir chez Marguerite, à l'énoncé de ses échecs ? D'autant qu'elle y avait sa part de responsabilités, regardons les choses en face. Tu es gonflé, je trouve, s'était élevée Marguerite, se paraphrasant aussitôt : tu ne manques pas d'air, Paul, j'espère que tu t'en rends compte. Sur quoi Paul l'avait invitée à interroger sa conscience, à défaut sa mémoire, elle ne l'avait jamais encouragé, jamais, et voilà le résultat.

Marguerite avait conjuré Paul de ne pas inverser les rôles. C'était lui qui cultivait sa propre faillite afin d'en accuser l'entourage, démarche qu'elle voulait bien lui pardonner puisque s'apparentant à l'automatisme chez tout flemmard qui se respecte. Quant au défaut d'encouragements, elle n'était pas sa mère et, en attendant, il pourrissait sur pied dans son jogging.

— À l'époque où je t'ai rencontré, j'avais imaginé autre chose, avait-elle résumé, désignant en vrac, dans un geste circulaire et déçu, Paul, son jogging, les désillusions, le téléviseur.

Paul avait dit que lui aussi.

Elle lui avait dit, ah oui quoi ?

Il avait dit, une femme. Qu'il avait imaginé une femme. Vivante, baisable. Aujourd'hui, il avait une planche, si quelqu'un s'était fait rouler, c'était lui.

Toit de l'hôtel

Le soleil s'était couché dans l'indifférence
générale, le buffet était arrivé, le patron était parti
car il voulait suivre ce match qui était comme il les
aime. Trop de mêlées, trop de sifflets, des baffes,
des points de suture, des pénalités, et peu d'essais.
Un beau bordel. Le malentendu qui l'opposait à
la 112 s'était dissipé sans dommage après qu'Aldo
s'en fut expliqué et se fut découvert avec le patron
une appartenance commune : tous deux natifs de
Biarritz, ils en regrettaient la douceur des hivers.
Bientôt, le patron avait salué l'assemblée, s'excu-
sant d'un dérangement qui n'aurait pas de raison
de se reproduire.

On verra. Avec un peu de chance un pot de
laurier prendra feu et ça nous les fera remonter, le patron et sa mâle indignation, sa carrure
de skipper à vous tenir d'une main la barre du
voilier par un vent de force six et, de l'autre, un
hôtel comme ça, de douze étages. Imaginez ce
qu'il peut faire avec le reste. Mais ça va passer,
on va s'en remettre.

Autour du buffet dressé circulait une partie de ce qui pouvait être dit aussi bien à propos de la nourriture qu'à propos des gens. Quelque chose était parfait du point de vue de la cuisson, quelqu'un de la dernière pluie découvrait qu'on mangeait les fleurs en salade, quelque chose était sec, quelque chose était un scandale, quelqu'un voulait savoir si l'on avait pu joindre Marguerite, quelque chose était mieux aux États-Unis, quelqu'un souhaitait que quelqu'un d'autre arrête de se pignoler car quelque chose n'était jamais qu'un œuf dur, quelqu'un se demandait à haute voix ce qu'il foutait là, quelqu'un avait connu Paul du temps qu'il ne connaissait pas Marguerite et c'était un autre homme, plus ambitieux, Michel n'était pas d'accord, selon lui Paul n'avait pas dévié de sa nature, un type prometteur qui n'avait jamais présenté de résultats, Stan s'amusait que ce fût au mot près ce qu'il avait dit à son technico-commercial senior, Ariel aimait les rillettes et voulait que ce soit consigné quelque part, quelque chose était beaucoup trop sec, quelqu'un acceptait de tweeter Ariel-aime-les-rillettes, Michel évoquait alors une tante Henriette qui vivait au Mans, Virginie informait Michel que le calembour était la lie de l'esprit, quelqu'un pensait le contraire, quelqu'un n'était pas tout à fait dupe de l'amitié que lui témoignait Paul, quelque chose qui n'en était pas avait un goût de papaye, quelqu'un pensait que la France était formidable et Michel demandait pourquoi. Parce qu'on pouvait encore profiter de tels banquets en belle saison, faire tomber quelques bonus avant la révolution, où est le Dom Perignon et que tout cela rimait.

L'assemblée s'était massivement tue, cherchant à identifier le coupable de ces vers. On l'identifia. Mais personne ne le connaissait.

Michel s'avoua d'accord concernant le caractère formidable de la France, le seul problème persistant y étant le droit du travail, c'est encore très difficile de virer les gens, n'est-ce pas. Dans mes bras, s'émut le type qui, forcément, comme poète, ne manquait pas de sensibilité. Là-dessus, Ariel, qui venait de se découvrir une conscience politique avec le goût des rillettes, a proposé à Michel de lui casser la gueule au nom des salariés de la métallurgie et en a appelé à la coopération de Stan qui avait davantage le physique à faire ce genre d'avance. Stan a décliné au motif qu'il avait la bouche pleine. Et puis Michel a juré qu'il ne pensait pas un mot de ses paroles, il avait dit ça pour être contredit et susciter une conversation intelligente. Et puis Benoît, qui connaissait bien Michel, a assuré qu'il en était effectivement capable, et puis le type inconnu a dit que lui aussi, c'était pour rire. Et puis ça s'est tassé.

Plus loin, à l'angle le moins éclairé de la terrasse, Aldo confiait à Alice qu'il avait très envie de lui faire plaisir. Voulait-elle quelque chose ? Alice voulait un autre verre, par la même occasion elle s'avoua timide, l'un expliquant l'autre.

Aldo dit que c'était son métier. Il se dirigea vers le buffet, y préleva de quoi tenir longtemps, revint. Il avait eu peur qu'Alice ne soit plus sur le transat, le lui dit. Alice sourit, voulut connaître son métier. Il dit serveur, elle dit le vrai. Aldo dit que ce serait confus. Alice assura qu'elle avait toute la nuit. Les timides mesurent mal la portée de leurs phrases.

Il dit que veux-tu savoir ?

Elle répondit l'essentiel, la vache.

Aldo s'allongea sur le transat car l'essentiel sort mieux à l'horizontale. Alors voilà. Il était né en Moselle, n'y était pas resté, n'avait jamais vu Biarritz qu'en carte postale. Il était de ceux qui, sans naissance comme sans fortune, s'étaient précipités, par dépit et tête baissée, dans l'Université française, sur le principe toujours vérifié du chien dans une église : c'était éclairé, c'était ouvert. Du coup et à la suite d'une série de malentendus, il y était encore, pourvu d'un titre et du droit à dispenser lui-même un savoir qu'il n'était pas sûr d'avoir acquis. De fait, il s'abstenait à coups de bourses de recherche, ça durerait ce que ça durerait. Il dit qu'ils étaient des armées comme lui. Que parfois il rêvait sur la force inemployée de leur nombre. Sans travail, bac + 8, qu'est-ce que ça pourrait bien donner avec des fusils ? Il arrivait que cette idée le tînt éveillé, une nuit, deux nuits, et puis ça lui passait, il redevenait raisonnable, cherchait alors comment augmenter son pouvoir d'achat. Et puis, ça lui passait aussi. Il se savait plus intelligent que ses parents et plus généralement que la moyenne, il n'avait désormais plus honte de le dire. Il était de son temps. À ce titre, il préférait rester lucide en bas de l'échelle. Comme tous les héros. Et toi ?

Elle, elle attendait son tour dans le prêt-à-porter. Deux ans assistante à la direction des ventes, un an détachée à la prospection des locaux commerciaux, trois mois chargée de clientèle, elle plafonnait aujourd'hui comme chef de zone, National Area Export Manager, elle pouvait espérer passer à l'international dans les dix ans, convenait que ce n'était pas folichon. Elle avait appris le dessin. Elle s'était résolue à adopter un chat l'année dernière, elle regrettait, en appartement ils perdent leurs poils toute l'année, excès de lumière, maladie parasitaire ou simple dépression, et chez elle désormais c'était dégueulasse. Elle reparlait à sa mère, plus par lassitude qu'autre chose.

Il dit l'essentiel, s'il te plaît, car il n'y a pas de raison.

Aucun problème, l'essentiel rien de plus facile pour elle. Sept ans d'analyse auprès d'un sadique de l'école freudienne lui permettaient d'affirmer tranquillement que, du point de vue de la formation psychique, elle en était toujours au même point. Au début. Amoureuse d'un père qui avait tout fait pour lui montrer qu'il n'en valait pas la peine, elle s'appliquait avec plus ou moins de succès à fuir les hommes plus vieux, car ils étaient censés l'attirer et lui faire du mal. Du point de vue de la formation intellectuelle, elle n'était pas plus intéressante qu'une autre mais il lui fallait s'efforcer de penser le contraire. Elle avait arrêté de dessiner, ça lui faisait tellement de bien que c'en était une honte, d'où, à la place, Area Manager à deux mille euros même pas et quatre-vingt-dix minutes de RER. Classique tentative de destruction du moi d'après le sadique auprès duquel elle hésitait à prendre une huitième année. Voilà, c'était à peu près tout. Ah, et une certaine passion pour Benjamin Biolay, sûrement malsaine.

— Sûrement, dit Aldo.

Tout cela bien sûr ne se dévida pas d'une traite. Il y eut des relances, des silences de différentes natures, des demandes de précisions, par exemple, l'âge. Alice espérait qu'Aldo eût celui qu'il paraissait, vingt-six, vingt-huit. Il dit trente-trois, elle dit ça va quand même.

Aldo dans sa vie n'avait personne. Alice non plus, ou tout comme.

Loin dans un autre monde, on entendait Stan crier répète un peu connard, répète un peu pour voir, et après comme un bruit. C'était Stan qui venait de refaire le portrait d'un laurier-troène, fendant le pot, pour ne pas taper sur quelqu'un d'autre. On l'entendait dire que ça allait mieux maintenant, ça l'avait relaxé. Enfin.

Alexandre pourrait bien l'embrasser cette fille, sa nouvelle vie d'Aldo ne commencerait pas trop mal. On le verrait bien, pour commencer, lui demander du feu et, tandis qu'elle chercherait de quoi lui en fournir, il lui relèverait le menton, doucement, du bout des doigts, latin mais gentleman. Le temps qu'Aldo se demande si Alice était le genre à aimer être saisie par le menton, le temps que cette idée l'entraîne, qu'est-ce que vous voulez, à se demander si Alice aimait qu'on la saisisse par les cheveux, le temps qu'il produise encore d'autres images inappropriées, Alice s'était levée. Il se passait quelque chose au buffet générant un attroupement. Elle voulut rallier le groupe. Mais pourquoi les femmes chaque fois désamorcent, songeait Aldo. En effet, pourquoi.

L'objet de l'attroupement, c'était Rose. Elle avait dénoué son foulard et toussait dedans à s'en décrocher les amygdales, désignant alternativement sa gorge et un plateau de toasts aux anchois. C'est que Rose, apprit-on à Aldo et à Alice, s'était décidée enfin à dire quelque chose qui commençait par « Je », mais dans l'empressement elle n'avait pas pris le temps d'avaler correctement son anchois. Le cartilage du condiment s'était perdu en route et ne trouvait plus la sortie. Depuis l'on faisait avaler à Rose de la mie de pain, elle disait en larmes que ça n'y changeait rien, on lui disait force-toi, mais force-toi donc. On l'aurait étouffée si Michel n'avait ramené sa science, pour une fois salvatrice. Il révéla que l'anchois n'avait qu'une seule arête très fine, très effilée, presque transparente, exagérément courbe, et lorsque cette aiguille, si ténue soit-elle, se prend dans quelque chair, elle y reste, tel un hameçon de douze dans un brochet. Toute la mie de pain du monde n'y changera rien. À ces mots Rose éclata en sanglots, ce qui lui fit encore plus mal. Cela devenait désagréable, le pleur oppressé de Rose oppressait tout le monde, il fallait calmer cette fille. On appela SOS Médecins mais c'était un soir de match : le praticien de garde assura que le cas présentait trop de gravité pour ses pauvres compétences, une arête vous pensez. Il évoqua les urgences ORL de Lariboisière, Paris dixième, transmit ses regrets et raccrocha. On appela alors un taxi, le chauffeur connaîtrait mieux l'itinéraire que n'importe qui ici présent et surtout sa formule sanguine serait plus fiable. On invita Rose à attendre la voiture en bas, on la chargea de mie de pain pour la route, on lui assura qu'on la reverrait, elle dit en reniflant, vous êtes sûrs ? On lui demanda ce qu'elle faisait encore là, on l'accompagna à l'ascenseur, on n'en parla plus.

Pendant ce temps, Aldo s'empiffrait, prenant bien soin de n'ingérer ni ail ni échalotes. Quand le buffet se vit achalandé en fromages, deux plateaux gigantesques présentant des candidats de partout, Touraine, Normandie, Auvergne, Alsace, Aveyron, Forez, sauf la Corse parce que c'est cher ça prend le bateau, il fit l'impasse sur les trois quarts. Dont le roquefort.

Quelqu'un aurait aimé davantage de pain et regrettait que Rose ait eu la main lourde sur la corbeille, Ariel confiait son amour pour le camembert comme d'autres déclarent aimer le peuple, quelqu'un n'en pouvait plus des déclarations d'Ariel, quelque chose ressemblait à du fromage de chèvre, quelqu'un, qui avait lu quelque chose de terrible à propos du lait de vache, voulait qu'on le lui certifie, quelqu'un tenait beaucoup au tri citoyen et c'était Virginie, habitée par le rôle, Sabine se demandait si elle n'allait finalement pas se rendre chez Paul et Marguerite, voilà un moment qu'elle n'avait pas reçu de SMS, quelqu'un avouait qu'il préférait que Marguerite ne soit pas là car elle le mettait mal à l'aise, Sabine déclarait qu'elle ne croyait pas du tout à cette histoire de contretemps, la vérité était forcément plus grave et plus intéressante, quelqu'un voulait qu'on se taise, il avait quelque chose à dire. Tiens, c'était Michel.

Il avait quelque chose à dire à la place de Benoît qui ne savait pas comment s'y prendre. Il s'agissait d'une nouvelle réjouissante qui méritait d'être annoncée sur un registre enthousiaste, Benoît risquait donc de tout gâcher. Voici : Benoît avait préparé une sorte de présentation audiovisuelle pour égayer la soirée, la vie de Paul et Marguerite en images. Pour Benoît, hip hip hip ? Hip hip hip ? insista Michel. Bon, tant pis. Bref, Benoît ne voulait pas montrer son travail. Il n'était pas sûr que cela vaille le coup. Il n'était pas sûr que quoi que ce soit vaille le coup en ce monde, mais bon ça, c'était son problème. Michel, pour sa part, recommandait de visionner la sélection avant de la soumettre à Paul et Marguerite, au cas où elle renfermerait des impairs, des erreurs. Et puis cela ferait patienter les troupes d'ici le dessert.

On n'avait pas tout saisi. Sinon qu'il s'agissait de photos, et qu'apparemment elles étaient une condition d'accès au dessert, que Benoît dont on n'avait jamais compris l'utilité sociale pouvait en réalité servir à quelque chose et qu'il allait le démontrer.

Il fallut encore le temps de détecter une manière de surface blanche propre à la rétro-projection.

— Au plafond ? proposa Michel dont l'humour relevait décidément du handicap.

— C'est un hôtel, ils ont des draps ? dit Ariel.

On applaudit car l'idée était brillante. Modeste, Ariel avoua qu'il avait simplement l'habitude : le cinéma, c'était avant tout une histoire de débrouille et d'accessoires. Aldo fit observer que le drap ne tiendrait pas dans les airs. Ariel, qui lui en voulait de l'avoir privé de son serveur italien et de toute ouverture avec Alice, l'invita à se démerder vu qu'il était si malin.

On remarqua alors que le mur du fond était vierge et blanc. Il l'eût été, du moins, s'il n'était parcouru dans la diagonale d'une hampe de vigne grimpante. Michel assura que la vigne repoussait comme le chiendent. On l'arracha.

On s'assit à même les lattes de teck et, fixant l'écran nu, on attendit que cela commence.

Appartement Paul et Marguerite

Entre Paul et Marguerite sexuellement, ce n'est pas ça. Est-ce que ça l'a été, oui sûrement, encore que nous n'ayons aucun témoin à produire. Que ce n'est pas ça, ni Paul ni Marguerite ne l'ignorent. Est-ce qu'on peut vivre avec, preuve que oui, il suffit d'éviter d'en parler. Mais là bon, Paul a l'air de vouloir en parler. Alors parlons-en.

Paul est arrimé au même endroit, angle gauche du canapé, ce soir les mouvements de Paul se réduisent de toute façon au minimum syndical. Marguerite, qui s'était claquemurée un moment dans la salle de bains, vient d'en ressortir, son visage témoignant d'une mise au point blush-laque-mascara dont on ne saisit pas bien les enjeux. Elle s'assoit à l'autre extrémité du canapé.
— Une planche, tu peux préciser ? requiert-elle alors que c'est pourtant simple : il s'agit d'un objet allongé, plus ou moins bien équarri, dont le propre est effectivement d'être dépourvu d'at-

tributs sexuels autant que de séduction. Avec des angles pour ne rien arranger.

Concédons que Marguerite ne cesse de maigrir, que ses angles deviennent de plus en plus offensifs, que Paul est de ceux qui préfèrent les formes et ne s'en est jamais caché. C'est d'ailleurs ce qu'il pourrait répondre, au titre des précisions demandées.

Cependant Paul se tait, fixant à nouveau la prise de terre qui doit revêtir pour lui une signification particulière. Il expire, il va dire quelque chose, il dit pire que tout : laisse tomber, ce n'est pas important.

Résumons, Marguerite est une planche sans importance, elle a financé une fête à laquelle elle n'est pas et c'est vrai que ses cheveux, c'est comme sa sexualité, ce n'est pas ça.

— Avec toi, dit Paul, je veux dire entre nous, au lit ce n'est pas ça.

Marguerite demande ce qu'elle doit comprendre, s'il te plaît.

Paul ne saurait mieux dire. Ce n'est pas ça. Pas tout à fait intéressant, pas tout à fait comme il voudrait.

— Mais encore ?

— Ce n'est pas ça, tu le sais aussi bien que moi.

Il semble que l'activité amoureuse de Paul et Marguerite ne puisse se résumer qu'à une abstraction, inutile d'en espérer une description technique, ni même objective. Il va falloir imaginer.

— Plus exactement, ce n'est plus ça, dépanne Paul, je veux dire par rapport au début.

On avance.

Et Paul de conter en regardant ailleurs ce que Marguerite était au début. Une fille qui se déplaçait nue de la cuisine à la chambre à coucher avec un naturel extraordinaire, qui portait les cheveux longs, les détachait. Elle disait baise-moi, cette fille, avec le même naturel extraordinaire qui la faisait marcher pieds nus sur le carrelage en hiver. J'ai l'impression, dit Paul, de parler de quelqu'un d'autre.

Marguerite ferme les yeux.

— La nostalgie du début, dit-elle, tu vas me refaire le coup de la nostalgie du début. Avec les années les choses évoluent, les gens, les gestes. Elle rouvre les yeux pour dire : et nous ça fait dix ans.

— Parlons-en, dit Paul, des gestes. C'est essentiellement une histoire de gestes, c'est tout le problème.

— Ah, tu voudrais que je te suce, résume Marguerite, on ne saurait dire sur quel ton. Affirmatif. Interrogatif peut-être. Auquel cas Paul vient de laisser passer une occasion. C'est ça, tu voudrais que je te suce ? Et Paul dit, oui, par exemple, c'est une idée, oui.

Un silence.

— Autant que je sache on baise, dit Marguerite.

— Autant que je peux en juger non, dit Paul.

— Et comment ça s'appelle alors ?

Paul appellerait ça un rituel. Un vendredi soir sur quatre, après l'application de cette crème de nuit qui sent le camphre et de cette nuisette mauve, ça s'appelle un rituel et Paul déteste le mauve. Il dit, Marguerite, tu es une femme de rituels, c'est épuisant pour un homme, tu ne te rends pas compte. Elle dit, parfaitement, je suis une femme de rituels, il faut bien tenir debout. Il dit, soyons sérieux, le thé à cinq heures, le dimanche soir manger chinois, ta crème de nuit et ta salutation au soleil, ça n'a jamais empêché personne de s'écrouler. Elle dit, ça reste à voir, elle ajoute : et moi ?

— Toi quoi ?

— Moi les gestes qui me manqueraient par exemple à moi, tu y penses ?

Paul dit que, pour le coup, on ne peut pas lui reprocher de ne pas bander. Sans vouloir prendre des airs, il sait de source sûre, antérieure et nombreuse, qu'il est un partenaire irréprochable. Argument non retenu.

Au fait chez Paul et Marguerite, c'est dans l'ensemble gris taupe et blanc avec quelques taches fuchsia par-ci, par-là, assurées par les rideaux, les tapis, quelques machins. Les lumières partent avant tout du sol ou de pas très haut sur les meubles, c'est davantage le plancher qui éclaire le plafond à l'inverse du principe ordinaire. Nous sommes chez des gens qui ne se contentent pas de recevoir bêtement le courant. Par exemple, ici, dans le salon, ce sont quantités de loupiotes nichées au fond des étagères, entre les livres, des lampes de bureau, des liseuses. Ce parallélépipède de verre au format de livre de poche par exemple, coincé entre un polar et *Les Contemplations*, eh bien, c'est encore une lampe. Paul l'a achetée sur un coup de cœur, la foule de signifiés contenus par l'objet en justifiant le prix excessivement significatif. Tout ici s'exprime dans le contraste et la dissonance. La ferronnerie détournée voisine le linge tissé brodé au chiffre de personnes qui n'en ont plus besoin : R.G. peut-on déchiffrer, entrelacées à J.R. À savoir, Reine Gravier, arrière-grand-mère de Marguerite qui a porté ses initiales des renseignements généraux de 1880 à 1944, morte à Calais d'une bombe qui ne lui voulait pourtant que du bien, et Joseph Renoud, époux de la précédente, accidentellement occis par un ami au cours d'une battue aux chevreuils. Reine et Joseph sont désormais une nappe tendue en travers d'une table en métal industriel et on les trouve aussi déclinés en housses de coussins, améliorant l'assise d'un fauteuil en Plexiglas. Tels sont les goûts de Marguerite et si jamais ceux de Paul sont différents, c'est qu'il n'est jamais parvenu à les imposer. Citons aussi différents sièges en cellulose translucide un vert, un rose, et puis cette miniature de chien en résine, posée sur un vaisselier en chêne de je ne saurais dire quand. Vieux, très vieux, d'un temps bien antérieur à celui du chien en résine où Jeff Koons était encore inimaginable et peut-être même Picasso, une horreur. Tout dans l'antithèse, siège du bon goût selon les locataires, ennemi d'une harmonie rudimentaire où tout irait ensemble. Soit dit au cas où certains préféreraient entendre parler de décoration intérieure plutôt que de l'intimité profonde des gens, ce qui serait tout à fait compréhensible.

— Non, tu ne bandes pas vraiment, c'est plutôt mou, c'est plutôt court, et, si tu veux savoir, tu ne me fais rien, j'attends que ça passe.

Toit de l'hôtel

Pour qui n'aurait jamais vu de création sous Power Point un peu chiadée, et même pour les autres, la proposition technologique de Benoît forçait l'admiration. Des couleurs lumineuses, quasi réelles, des contrastes parfaits, des effets de transitions de la dernière recherche : les silhouettes se détachaient des photographies tels des fantômes et, dans un fondu enchaîné, prenaient place dans la suivante, à chaque écran, des inserts furtifs indiquaient les prénoms des figurants afin que l'on s'y retrouve. Un moment dans l'histoire de l'électricité. Benoît avait dû y consacrer des journées entières, des trésors d'habileté, de patience, de doigté, on ne pouvait que s'interroger sur ses motifs. Qui se ferait ainsi chier pour rien ? Quelqu'un chuchota qu'il devait être amoureux de Marguerite. Sûrement pas, s'indigna Michel. D'autres avancèrent que Benoît n'avait rien de mieux à faire, mais chut, fit Michel.

Le diaporama s'ouvrait sur les années 90, laissant augurer d'une chronologie rigoureuse. La musique correspondait à peu près aux époques des photos, seul choix esthétique dont on fit le reproche à Benoît. Se taper la bande-son des années 90, on ne pensait pas devoir repasser par là. Benoît avait eu cette attention délicate d'insérer, çà et là, quelques extraits des films favoris de Paul et Marguerite, ainsi voyait-on Catherine Deneuve comme si elle avait fait partie de la famille. Enfin Michel assurait les commentaires touristiques car il était le seul à disposer de suffisamment d'éléments de biographie pour y prétendre.

1991, Marguerite ne sait rien de l'existence de Paul, elle vient de s'inscrire, sans y avoir beaucoup réfléchi, en Deug de gestion des Ressources humaines, université Paris-Dauphine. En cet automne tardif et pluvieux, elle ignore encore ce que le printemps lui réserve, pérorait Michel avec la voix de Frédéric Mitterrand.

— « Sur l'Europe suicidée et toujours suicidaire planent, moribonds, les aigles des Habsbourg… », nasilla subtilement Ariel pour le lui faire remarquer.

— Pardon, dit Michel, reprenant un timbre normal. Rentrée 1992, donc. Marguerite rencontrera Paul autour d'avril 1993 : une première fois au restaurant universitaire, la deuxième fois chez un ami. Votre serviteur, précisa Michel, heureux de faire partie du problème. Puis une troisième qui fut la bonne, à la permanence du parti socialiste où ça draguait sec.

Sur ces informations, enchaînement de clichés représentant Paul et Marguerite à l'état étudiant. On ne reconnaissait pas le nez de Marguerite. Sabine s'étonnait que personne ne soit au courant, Sabine pensait que Marguerite était désormais plus à l'aise avec son ancien visage et en parlait ouvertement. Sabine se vit proposer un marché par Michel, le silence ou la sortie. Photos suivantes. Paul et Marguerite randonnant sur un volcan d'Auvergne, main dans la main. Puis Paul et Marguerite manifestant contre la réforme des retraites, sûrement encore un prétexte pour se tenir par la main. Puis Paul et Marguerite dans les restes du Colisée. Séjour fondateur pour eux, commentait Michel, ils avaient fait Rome en un jour, toujours main dans la main, et au soir Paul avait demandé celle de Marguerite, dans une trattoria. Elle avait dit, trop tôt, plus tard, après ma maîtrise. Depuis on attendait toujours le faire-part mais ces images de la Rome antique demeuraient comme un témoignage de la solidité de leur couple. Tu parles, émit Sabine, aussitôt foudroyée du regard par Michel, qui poursuivit. 1996, première séparation de Paul et Marguerite sur décision de Marguerite. Elle veut connaître d'autres hommes, Paul est d'accord, il ne craint pas la comparaison, du moins ce fut à l'époque la version officielle. Passons rapidement sur le segment 1997-1999, pour lequel Michel déplorait que l'on eût si peu de clichés, en dépit des efforts d'archiviste de Benoît. Il semble que tout, ou presque, ait été détruit.

Restent deux photos sauvées du néant, triomphe de l'exégète. La première de février 1999, qui témoigne chez Marguerite d'un indiscutable raccourcissement de l'arête nasale et donc d'une réelle motivation à rencontrer d'autres hommes. La seconde datait de juillet 1999. Paul en plein soleil, hilare et tanné, aux abords d'une pièce d'eau phosphorescente qui doit être une piscine d'hôtel. Il envoie un baiser à l'objectif, derrière lequel se tient on se demande bien qui. Bizarre. Qu'est-ce qu'il trafiquait Paul, l'été 1999 ? On ne l'a jamais connu si bronzé. Enfin, il y a bien quelqu'un qui l'a prise cette photo ? Émoi, suspicion. Toujours très désagréable de découvrir une zone d'ombre dans une biographie amie dont on appréciait le calme et la transparence. Automne 1999, poursuivit Michel, fin septembre exactement, retrouvailles de Paul et Marguerite sur fond de jardin du Luxembourg, bande-son Francis Cabrel, « Il voulait vivre d'autre manière dans un autre milieu, il a dit je retourne en arrière, il s'est brûlé les yeux ». Titre de 1977, en effet, le diaporama commençait à prendre de grosses libertés avec la concordance des temps pourtant promise. Ensuite entre 1999 et 2000, quasiment rien. Le moment entre la fin de l'argentique et les débuts du numérique, juste avant sa démocratisation, tout le monde affiche la même carence dans son album personnel. L'explication relève de la sociologie des usages, références non citées à rechercher soi-même en bibliothèque : c'était déjà ringard de développer les photos, cependant les appareils numériques demeuraient très chers. Du coup, gel des pratiques typique des périodes de transition technologique. Dommage pour l'histoire, considérait Michel.

Début des années 2000, engouement pour le numérique, on a appris à se servir de son petit Canon qui n'est pas encore tout à fait donné. Foisonnement d'images. Des amis en grand nombre et dont les visages n'évoquent rien à personne, pris sur le vif dans des situations beaucoup plus épanouissantes que celle que l'on connaît ce soir, sans vouloir être désagréable. Des fêtes champêtres, des scènes maritimes, des amis dans des bermudas beiges, Catherine Deneuve dans *Ma saison préférée*, des polos blancs et des chaussures bateaux. Paul et Marguerite faisaient, semble-t-il, beaucoup la fête. Ce sont des arrivées en bande à l'aéroport Charles-de-Gaulle, Paul faisant le guignol avec deux inconnus sur un chariot à bagages et autres grimaces à l'arrière d'un taxi. Ils ont donc été drôles, observa Ariel. Ce sont des pique-niques sur la plage à Trégastel car la mère de Marguerite y avait une maison, le port de Ploumanac'h, des filles en marinière, des maquereaux au barbecue. On y voit Michel qui, de toute évidence, aimait les Nike Air, ça fait beaucoup rire parce qu'il faut le voir aujourd'hui, Michel. Et encore une autre série en Corse, encore des inconnus, encore des marinières. Que sont devenus tous ces gens? Michel fit une sorte de moulinet avec sa main visant à signifier que ces gens s'étaient envolés.

Ensuite, de 2003 à nos jours, un nouveau vide qui ne s'explique pas par le défaut d'équipements électroniques. Les images se font rares, les gens dessus aussi. C'est Paul aux soixante ans de sa mère, super, c'est Paul sur un télésiège à Font-Romeu, Pyrénées, avec Michel et un mec en rouge de l'ESF, super. « Je vous écris dans les vestiges du jour de l'An », fredonne Delerm fils sur la bande-son, « il y aura des photographies que nous mettrons dans l'album blanc. » Super. Et puis, c'est Marguerite qui s'extrait d'un kayak sur les rives de l'Ardèche, en maillot une pièce et gilet de sauvetage, difficile de faire moins flatteur comme tenue, Benoît devrait retirer ce kayak du montage. Enfin Marguerite à Trégastel chez sa mère, devant la table de ping-pong, flanquée de Paul qui regarde cette fois très au-dessus de l'objectif. Une mouette, suggéra Michel qui ne savait plus trop quoi dire. Sinon que Paul et Marguerite avaient davantage vu leur famille ces dernières années, qu'ils faisaient désormais du sport, on change avec le temps. L'ultime cliché mettait en scène la présente assemblée. Autour de l'apéritif. En début de soirée. Émotion, on découvrait un Benoît aussi facétieux que technologiquement qualifié. C'est nous ça ? C'est tout à l'heure ? Mais oui, c'est nous, enfin c'est eux, miracle de l'instantanéité, de la simultanéité, de la convergence des écrans. Sabine aurait voulu qu'on lui dise qu'elle était rouge, Ariel regrettait de faire petit, la déclinaison du sol n'était pas à son avantage, ou alors l'angle de prise de vue. Mais quand même Benoît, c'est formidable cette idée pour le final. «Vanina-a-a Vanina-a-a», s'époumona pour finir le diaporama. Alors là, aucun rapport. Benoît, qu'est-ce qui t'a pris? Pour rigoler, répondit Benoît qui, en tant que Benoît, se faisait de la rigolade une idée singulière.

D'avoir tant vu Paul et Marguerite sur le mur, cela rappela qu'on ne les avait pas sur place. Avaient-ils en définitive répondu au téléphone? s'alarmèrent au premier chef ceux qui les avaient complètement oubliés. Combien de temps s'était écoulé depuis le dernier message de Marguerite? Et s'ils étaient en danger, séquestrés, morts? À partir de quand est-il conseillé d'appeler les hôpitaux, les flics, la morgue? Vint à l'esprit des plus raisonnables de mandater un convive à la réception afin de vérifier si quelqu'un là-bas y savait quelque chose et quoi. On se tourna vers Aldo. Lequel objecta qu'il avait bien voulu amuser la galerie jusqu'ici, mais qu'entre la plaisanterie et devenir le larbin de service il n'y avait qu'un pas. Ariel se dévoua, saisissant l'occasion de planter là la conversation de Sabine qui, inspirée par la rétrospective, l'entretenait de sa solitude et de la difficulté de rencontrer des hommes convenables.

Appartement Paul et Marguerite

Paul n'a pas fait spécialement d'efforts depuis la dernière fois. Même endroit, même position. Le match est terminé depuis belle lurette et, autour d'un plateau translucide, quelques anciens joueurs déclassés se le racontent une seconde fois, à titre de consultants. La plupart en tombent d'accord, le problème du match de ce soir est qu'une certaine équipe avait persisté à déplacer le jeu en dépit des conditions et qu'à force de vouloir déplacer le jeu celui-ci vous échappe. Combien de fois faudra-t-il leur répéter, les joueurs seraient-ils hermétiques à tout enseignement. Ça rentre par une oreille, ça sort par l'autre, estime un ancien du Stade-Français qui ne possède plus de cartilage aux siennes. Pas forcément le résultat d'une morsure, non. Dans ce métier, les gnons se répètent davantage sur les excroissances et tout ce qui s'apparente à une prise subit avec le temps une forme d'érosion. Ça lui rappelle, au réserviste, un match similaire, à Narbonne, en 79. Les autres lui rappellent à lui qu'il n'était pas né en 79, l'invitant à ne pas aller plus vite que la musique. Tous cependant d'admettre que Narbonne, en effet, c'était assez incroyable dans le genre, le gamin a raison. On pourrait s'attarder un moment, apprendre ce qu'il s'est passé de tellement intéressant à Narbonne en 1979, si d'autres constats plus urgents ne nous appelaient ailleurs. Par exemple à la salle de bains où se trouve Marguerite.

Marguerite debout face au lavabo, elle passe un Kleenex sous le jet d'eau froide, l'applique sur ses yeux. Elle pleure ? Plus maintenant. Elle essuie sous sa paupière l'effusion cendrée d'un mascara qui s'était pourtant présenté comme waterproof. Marguerite observe son image ou peut-être la fêlure à l'angle du miroir, Marguerite se coiffe, tentant d'insuffler à la masse transparente de ses cheveux un effet de volume qui s'évanouit aussitôt. Elle recommence, en crêpant davantage les racines. Ça ira. Un montage enflé et vaporeux qu'elle éternise à grands jets d'Elnett. Atomisation de la pièce, brume collante floutant pour un instant le contour de Marguerite et de toute chose autour d'elle. L'eau municipale coule toujours. Marguerite s'examine encore, songeant qu'elle aurait dû réfléchir avant d'acheter cette robe qui ne lui avantage pas le teint, si Sabine n'avait insisté, elle aurait pris l'autre, la noire à manches ballon. Marguerite songe encore qu'elle pourrait, à son âge, se permettre un maquillage plus prononcé. Et même du rouge, après tout. Bientôt Marguerite pose sur ses lèvres un vermillon de soirée, par petites touches d'abord, puis l'étale avec assurance au-delà de la zone prévue à cet effet. Un peu aussi sur les pommettes. Examen. Il reste des blancs. Marguerite voudrait autre chose, plus d'éclat, peut-être une ombre à paupières, dans l'idéal une teinte assortie à la robe. Il se trouve qu'elle a récemment fait l'objet, dans une grande enseigne de parfumerie, d'une tentative de fidélisation : une carte à points et une palette de fards que voici. Théorie de couleurs poudrées ou pailletées qui comprend, coup de chance, l'émeraude exact de la robe qui est aussi celui de l'A. S. Saint-Étienne. Un vert puissant dont un trait de rose corail, juste sous le sourcil, comme ceci, exaltera la profondeur.

Quelques secondes plus tard, Marguerite contemple dans la glace un tableau fauviste amateur. Il n'y a rien de plus triste.

L'eau s'écoule désormais très péniblement vers le fond de la vasque, augurant d'un embouteillage de plomberie. Marguerite évalue que ses cheveux sont plus nombreux dans le siphon que sur son crâne, voilà encore un aspect de sa personne qu'elle a négligé, comptant religieusement sur la vitamine B et le manganèse, comme elle comptait, pour la baise, sur la patience de Paul. Et pourquoi pas aller à Lourdes, pauvre idiote ? se fait enguirlander le reflet bariolé. Implants capillaires, extensions, prothèses, devis, lundi, lui inspire ce soir un pragmatisme plus combatif. Nue sous des cheveux, elle se sentira plus à l'aise et tout ira mieux. Marguerite s'approche toujours plus près du miroir, passe un doigt inquisiteur sur cette ride très légèrement décalée à droite qui trace entre ses yeux vert et rose, un I majuscule. Et ça c'est moche aussi, qu'elle dit à la glace comme si c'était sa faute, ajoutant ce geste universel, index collé au majeur et pouce en chien singeant le tir à bout portant. S'il s'agit d'informer la ride du lion qu'elle vit ses dernières heures avant comblement, ce n'est pas le bon geste qui implique une seringue à piston. Mais peut-être Marguerite songe-t-elle à tout autre chose. Pendant ce temps, l'eau coule pour rien, la planète court à sa perte et c'est certainement le dernier souci de Marguerite. Sous le poids de la laque, sa coiffure déjà s'affale. Elle compte ce qu'il reste de comprimés bleus dans une plaquette d'aluminium. Elle en déduit qu'elle ne les a pas pris aujourd'hui.

Les couples se construisent aussi dans la violence, tout cela n'est rien d'autre, doit penser Marguerite, qu'un épisode un peu plus constructif que les autres. Elle a dû se convaincre, Marguerite, que rien de très grave ne s'est produit ce soir, qu'on ne peut détruire Rome en une fois, comme ça, alors qu'on devait aller danser. Que ce n'est rien, retour possible à la permanence du monde. Vu qu'elle écrit à Sabine que tout va bien, que nous passerons en fin de soirée, amusez-vous. Qu'elle se rend à la cuisine, fait bouillir de l'eau, patiente dix minutes pour y plonger des pâtes et lance de cette voix claire que prennent les femmes tempérées pour appeler à table : tu n'as pas faim, toi, Lapin, pardon, Paul ?

C'est aussi que ça marche assez bien, les benzodiazépines.

Paul n'a pu qu'entendre l'appel et tout ce qu'il implique. Une suggestion de paix, un retour en règle au quotidien, les horreurs qu'ils se sont dites qualifiées d'accidents, un problème de gastro-entérite présenté par téléphone à Stan et Virginie, le dîner reporté au samedi suivant. On avalera ses nouilles, on se couchera, on n'en parlera plus.

Marguerite pénètre dans le salon, calme, laquée, verte et tartinée.

— La couverture d'un *Télé Star* de 1985, suggère aimablement Paul.

Elle dit, je fais des pâtes si tu veux, ce sera bientôt prêt. Elle programme une sélection musicale, escomptant le bénéfice bien connu, rapport à l'adoucissement des mœurs. Simon & Garfunkel entament « Sound of Silence », que ce soit clair, « *I've come to talk with you again* ». Paul comprend qu'on l'invite à l'accalmie. Comme la majorité des bonnes femmes la sienne préférerait communiquer. Paul n'est pas plus bouché qu'un autre. « *Hear my words that I might teach you, Take my arms that I might reach you* », fredonnent, sans rancune, Marguerite et Garfunkel en repartant vers la cuisine.

Paul ne bouge pas. Paul n'esquisse pas le début de la queue d'un geste.

Et s'il le voulait, lui, détruire Rome en un soir? S'il les refusait les pâtes de l'amnistie? S'il n'en voulait pas de cette paix à l'usure, décrétée par Marguerite qui ne sait faire que ça, décréter, hein qu'est-ce que ça donnerait?

Et si ce n'étaient pas nos oignons, et si Paul voulait juste profiter un peu de la musique.

Marguerite informe de loin que cela est prêt et sera bientôt froid.

Simon et Garfunkel ont le temps de placer le dernier couplet avant que Paul se lève.

— J'arrive, annonce-t-il, plutôt gentiment.

La guitare folk, on dira ce qu'on voudra.

Marguerite s'est depuis rincé le visage, la casserole est posée sur la table, à même le revêtement vernis qui réagit mal à la chaleur. Paul glisse une serviette sous le plat.

— Note que je ne dis rien, dit-il, souriant.

Ils s'attablent face à face. Marguerite esquisse un mouvement, elle a oublié quelque chose. Un Paul courtois, a priori pacifié, se lève plus vite.

— Dis-moi ce que tu veux, je te l'apporte.

— Merci, dit Marguerite, tu peux me donner le râpé?

En Paul, les effets lénifiants de la musique se dissipent en une seconde.

Est-ce la sonorité, est-ce le sens, certains mots nous répugnent et nous ne saurons jamais pourquoi. Sinon que cela cache quelque chose de plus grave, ce qui comme interprétation vaut pour tout. Ainsi selon l'IFOP le terme *tartre* atteindrait le Top 10 des vocables insupportés. Chez Paul, par exemple, c'est le mot *râpé*. Ce n'est pas tant le terme que la substance flétrie qu'il désigne, pas tant le phonème que l'aspect blafard de la chose, ce n'est pas l'accent circonflexe qui le dérange dans ce mot mais tout ce qu'il fait surgir : des images de toile cirée, de pâtés de foie sous vide, de ronds de serviette, de café soluble, de verre à moutarde, de paires de claques, d'assiettes jaunies en Arcopal avec au milieu le coquelicot délavé.

— Le râpé, s'il te plaît, reformule Marguerite, car elle a omis le mot magique.

Nous pourrons témoigner que Paul s'est dans un premier temps contenu. Il a mis toutes ses forces à ne rien dire, à se diriger vers le réfrigérateur, à saisir du bout des doigts l'immonde petit sachet zippé de pelures d'emmenthal industriel.

Il voudrait ne pas observer Marguerite les répandre sur les pâtes déjà tièdes, il voudrait se tenir très au-dessus de cette débauche, mais voyez-vous ça ne fond même pas. Ça pue, ce sera froid en bouche, mais comment peut-on. Paul a vécu cette scène tant de fois. Il l'a traversée tant de fois. Il vit avec ça tel qu'avec le reste, avec une femme dont le vocabulaire intègre le mot *râpé* et qui en consomme comme si c'était normal. Si encore elle le râpait elle-même, une râpe et un morceau de gruyère ça se trouve, merde. Il lui a déjà dit tout ça, elle le sait. Alors pourquoi lui a-t-elle tendu le sachet en lui disant, tu en veux aussi toi, du râpé ? Troisième occurrence.

N'en tenons pas rigueur à Marguerite, elle venait de vivre une soirée difficile, elle commençait à se relâcher. Le relâchement est à l'origine de bien des maladresses. N'en tenons pas rigueur à Paul non plus. Certains sentiments, parce que trop longtemps contenus par les conditionnements sociaux et la règle comportementale, sont susceptibles de se manifester de manière inopinée dans un mouvement aussi souverain que destructeur, avec une intensité d'expression tout à fait inhabituelle. Tout ça pour dire que Paul a repris le sachet et l'a envoyé valser. Que sur son élan, avisant le petit tas de râpé qui figeait en sournois au sommet de l'assiette de Marguerite, il a aussi envoyé valser l'assiette. Le fait que Marguerite se soit trouvée juste derrière et qu'elle manquât être coiffée de son contenu n'est pas un élément que Paul a eu le temps d'anticiper. Le sentiment, quand il se libère, ne prévient pas.

Toit de l'hôtel

« Vanina-a-a », chantonnait Michel sous les étoiles car c'est le genre de mélodie adhésive. Plus loin, quelque ému de la chose informatique entretenait Benoît de sa passion. Mais alors Benoît, par exemple, pour insérer les extraits de film, comment tu fais ? Désespérément facile, regrettait Benoît, extraction à partir de format Avi et uniquement Avi, avec Windows Movie Maker ICI, mais je préfère t'envoyer un tutoriel, en parler, c'est chiant. Et puis Sabine annonçait qu'elle se rendait chez Marguerite, elle revenait de recevoir un message inquiétant.

« Vanina-a-a, Vanina-a-a. »

Alice, très légèrement éméchée confiait à Aldo son soulagement qu'il ne fût pas italien. Les Italiens, elle en avait connu, ce sont des queutards. Elle voulut trinquer à cette nouvelle, à leur rencontre, à la lune, elle trinquait à tout, avoua-t-elle, à la moindre variation du cours de l'ordinaire, il ne fallait jamais, selon elle, se retenir de fêter les promesses puisque les choses allaient ensuite très vite nulle part. Aldo ne saisissait pas tout mais il était certain de penser la même chose. Il fit part de cette communauté de sentiments à la jeune femme qui répondit tchin. Merveilleuse cette fille qui possédait, en plus de tout le reste, des dents parfaitement alignées. Aldo pourrait bien être sur le point de rencontrer la femme de sa vie, mais mieux vaut qu'il n'y songe pas trop, il ficherait le camp.

Le rituel se poursuivait dans le strict respect du contrat signé entre Marguerite et l'hôtelier, sans considération pour le fait qu'elle ne fût pas là. C'est aussi que personne n'avait songé à avertir les cuisines de ce raté de l'organisation. Bientôt, transporté par une serveuse embarrassée de ne savoir à qui l'adresser, le gâteau d'anniversaire fit son entrée. Une sorte de fraisier hérissé de bougies tempête. La serveuse conservait une expression interrogative, de plus en plus crispée aussi, du fait du poids de la charge. L'assemblée considérait intensément les bougies tempête dont le pouvoir hypnotique est réel. Le temps passait, les yeux brillaient.

— Les bougies magiques peuvent tenir trente minutes, renseigna Michel qui savait tout. Même ça.

La fille songea à consulter l'étiquette en pâte d'amande et la sonorisa : bon anniversaire Paul, quarante ans. C'est ici ?

— Oui, se réveilla Michel, et il déchargea la fille qui repartit aussi sec en léchant la crème pâtissière sur ses doigts. Décidément le personnel ici, c'était une plaisanterie.

Michel souffla les bougies. On lui dit de quel droit enfin, il s'excusa, il n'avait pas réfléchi. Une pulsion. Tant de gens autour de lui pour le regarder souffler, il en avait toujours rêvé, c'était fait.

Cependant, et dans la mesure où elles étaient conçues pour, les bougies flambaient toujours. On réfléchit à voix haute à des mesures d'extinction. En général, ce type de réflexion est susceptible d'être interrompu par un ivrogne qui, braillant « au feu », vient répandre le contenu d'une cruche sur les facétieuses bougies, inondant le dessert, bousillant l'ambiance, donnant ainsi le signe du départ car ce n'est jamais très drôle de gâcher la nourriture. De pareils scénarios n'existent toutefois que dans l'esprit d'individus perturbés dont l'imagination puise encore ses références dans les comédies du cinéma français des années 80, on les remerciera de garder tout ça pour eux. Dans la vie normale, Michel retira un à un les feux d'artifice et les plongea dans un verre d'eau. Le même sens domestique le conduisit peu après à dénombrer le nombre de convives et à diviser la génoise en proportion. Il fut bien aise de constater que les parts se détachaient parfaitement, il avait craint, confiat-il à Benoît, que la mousse de fruits n'adhérât à la lame. Benoît rendit compte d'une expérience de cet ordre avec une bûche de Noël, un massacre, à l'image de sa propre existence. Michel interrompit sa tâche et requit de Benoît la plus grande attention : il lui faudrait pour la prochaine fois ébouillanter son couteau. La température étant le premier facteur de ce type de désagrément auxquels on pouvait aussi s'attendre avec la crème glacée lorsqu'il s'agissait d'en faire des boules. Benoît prétexta un besoin naturel et s'éloigna.

On ne pouvait plus freiner le processus. Un autre représentant du personnel entrait déjà avec le cadeau, comme on lui avait certainement prescrit de le faire, autour de vingt-trois heures, dans la foulée du fraisier. Il s'agissait d'une boîte à chapeau vert amande, haute et large, avec un nœud sur le couvercle. Le coursier la déposa au sol et s'en fut sans explication. Le contenant était si neutre que toutes les hypothèses furent permises. Une fille ? Une fille sans rien sur elle ? Marguerite serait-elle fourrée là-dedans depuis le début ? Trop petit, fit sérieusement remarquer Michel. Des billets d'avion ? Trop grand. Justement ce serait drôle. Justement, tu l'as bien regardée Marguerite ? En quelques minutes on fut persuadé qu'il s'agissait d'un chapeau. Marguerite devait faire ce genre de cadeau et Paul aimait les panamas. De toute façon, il était hors de question de l'ouvrir : un cadeau, tint à rappeler Michel, c'est personnel.

C'est alors que la boîte s'agita.

La boîte s'agita davantage. On vit qu'elle était ajourée. La boîte gémit, dès lors on pensa à un être vivant. Michel souleva l'opercule en carton.

— Un chien ! se récria-t-il.

Et, lâchant le couvercle, il détala.

Il s'agissait, en effet, d'un chiot sous séda-tif. On le sut très vite lorsque Aldo, l'ayant pris dans ses mains, voulut le déposer à terre et qu'il s'écroula. C'était un animal fort étrange qui évoquait davantage une expérience clinique inaboutie qu'une bonne idée de la nature. Une grosse tête attachée à une succession de plis. Quelqu'un suggéra que ce devait être très cher.

Le convive inconnu qui réclamait tantôt du Dom Pérignon informa que cela avait son prix, en effet : il en avait jadis possédé un du même type. S'il avait oublié à quelle race il appartenait, du moins se souvenait-il que l'exercice favori de ce chien consistait à dépecer les Berluti de son maître et qu'une dizaine de paires y étaient pas-sées avant que l'on identifie le problème affectif à l'origine de ces débordements, trop vite attri-bués à la carte génétique de l'animal. Une fois qu'on lui eut changé sa gouvernante, il s'était porté comme un charme, grâce à cette jeune femme alsacienne diplômée de l'aide à la per-sonne. Les chiens, ce n'est pas comme les gens, on peut encore en venir à bout avec un peu de patience et de psychologie. Il avait trépassé six mois plus tard, la jeune fille était repartie en Alsace.

Un type qui changeait de dogsitter comme de John Lobb, on lui demanda vous êtes qui à la fin, vous êtes dans quoi. On apprit qu'il s'appe-lait André, qu'il devait être ailleurs, à une autre soirée, oh pas bien loin, au rez-de-chaussée. C'est qu'au moment de s'y rendre, il n'avait pas eu envie. Il avait préféré voir le ciel, d'où sa présence irrégulière.

— Vos amis ne vous cherchent pas ? se renseigna Stan.

André informa que ce n'était pas ses amis mais ses employés. Dans sa position il ne pouvait pas se permettre de confondre les deux catégories, voyez-vous.

— Tout à fait, approuva Stan, sensible aux questions de management.

André en profita pour demander ce que l'on fêtait au juste sur cette terrasse.

L'observateur attentif aura remarqué l'absence d'Ariel. Non qu'on le regrette mais, comme tout spécimen mondain, sa présence n'est pas moins significative que son absence, et l'usage veut qu'elle soit signalée. De cette disparition, on ne trouvait que Virginie pour s'émouvoir. C'est simplement qu'elle aurait voulu lui transmettre ses coordonnées avant qu'il parte, donc si vous le croisez, vous me l'envoyez.

Toujours au titre de ce qui mérite d'être mentionné, Aldo venait d'embrasser Alice. Ou peut-être était-ce l'inverse. Auquel cas on la trouverait un peu à l'aise avec les hommes, cette Alice. Enfin, ils s'embrassaient dans l'angle le moins éclairé de la terrasse, à l'initiative de qui, quelle importance.

Appartement Paul et Marguerite

Ici, évidemment, personne ne songe à s'embrasser. Debout, se faisant face, dans ce dégagement qui sépare la cuisine et l'entrée, Paul et Marguerite encore en vie. L'un bien moins honteux qu'on ne l'aurait cru, l'autre plus agressive qu'auparavant.

Les flaques dégueulasses sur le carrelage de la salle de bains, représentait Marguerite, parce que tes pieds dégueulasses et à propos de pieds, j'ai encore marché dans la pisse ce matin, pourrais-tu, au moins par amour-propre, apprendre à pisser droit et au centre de la lunette qui, au passage, se lève et ensuite se rabat. Parlons-en de la salle de bains, opposait Paul, les cotons à démaquiller, tout noirs, dégueulasses, sur le bord du lavabo, chaque matin, absolument chaque matin, dégueulasse aussi de ne pas se démaquiller le soir, les taies d'oreiller sont dégueulasses. Parce que tu me regardes le soir, première nouvelle, parce que tu inspectes les taies d'oreiller, mon pauvre ami.

Bien. Il semble que Paul et Marguerite vivent

comme des porcs, que sur le plan rhétorique ils explorent à présent l'allitération et que l'épisode du râpé ait inauguré un inventaire. Exercice de peu d'ambition où brillent tant les gestionnaires de stock que certains poètes d'après guerre, pour des enjeux cependant fort différents. Dans un cas, geste brutalement comptable pouvant se solder par un constat de faillite, dans l'autre, pur exercice de style débouchant au mieux sur un moment d'autosatisfaction. En termes de format, le premier, c'est dix points sur un bordereau, dans le second, on fait ce qu'on veut, aussi ne nous gênons pas. Force étant de rendre compte, laissons à quelque dévoué chanteur de pop la responsabilité de la transcription, ce sera toujours plus digeste. Faites l'effort d'imaginer la chose à deux voix, accompagnée d'un piano. Un ou deux accords élémentaires en clé de sol.

Je regarde les taies, bien obligé
C'est moi qui retape les oreillers
Et comme ça que j'ai trouvé
Tous tes cachetons mal planqués

Tu as trouvé et alors quoi
Comment tu crois qu'on peut
Tenir sans ça, sans pharmacie ?
Car vivre avec toi c'est un peu
Un long combat, Paul, un défi.

Tes dérapages, tes idioties
Devant tout le monde

C'était pas toi mais la chimie?
T'as pas honte?
C'est con si tu m'avais dit
Moi j'ai pensé j'ai à mon bras
Une demi-folle, un embarras.

Quand tu dis devant tout le monde
Tu penses à qui, je ne vois pas?
Et à ton bras, Paul, tu penses à quoi?
Tu penses à quand, on ne sort pas
Deux restos par an, moins que ça.

Le resto, j'en ai marre
Tu me prends la main sur la table.
Et puis toujours cet art
De choisir pour moi sur la carte
Deux heures à me parler de ta boîte
Tu choisis le vin, t'y connais rien
Tu manges tes mains, tu sors ta carte
J'en ai marre
De manger froid sur des ardoises
De manger bio
Parce que t'es dans la case
enfin la cible, du *Figaro*.

Parce que c'est toi
L'homme de goût?
Si je ne te retenais pas
Si t'avais des sous
Paul, tu serais quoi?
Client Conforama,
point. Regarde-moi.

Regarder quoi, tu sais qui je vois ?
Une hystérique, une ordinaire.
N'insiste pas, regarder quoi ?
Un portrait craché de ta mère ?
Tu fais comme elle, tu râles, tu mens
T'es vieille, tu vis comme tes parents.

Laisse mes parents où ils sont
Ma parole, c'est une obsession
Je suis une menteuse à présent ?

C'est pas que tu mens, c'est que t'en rajoutes
Ça fait partie des choses qui me dégoûtent
Avec le temps
Tu racontes nos vacances, je tombe des nues,
Tu dis des choses qu'on n'a pas vues
Moi je dis non, j'étais là, j'aurais su
T'ajoutes des gens, la météo, des accidents
Tu parles de joies qu'on n'a pas eues.
La vérité elle t'arracherait les dents
C'est qu'on s'emmerde et qu'on se ment.

Tu veux qu'on joue à ça ?
Je m'emmerde plus que toi.
À table, au lit et sur la route,
Et en vacances, des fois que t'en doutes.

Mais qu'est-ce que tu veux que je te raconte
Même sur la route tu fais les comptes
Trente euros de péage, on ne prend pas
l'autoroute

Dix heures de départementales parce que ça
coûte
Et tant que j'y pense, mon levier de vitesse
N'est pas un mixeur, de la délicatesse.

Tu crois que ça m'amuse
Mais ça me tue, Paul, ça m'use
De piloter cette poubelle
Tandis qu'à la place du mort
Tu passes tes appels
Ou bien tu dors.
Car t'es ce genre de mecs, ceux qui se laissent
conduire, surtout jamais choisir, même entre
l'autoroute et la nationale, même ça tu ne sais
pas, alors en effet, c'est pour moi. T'es mou,
t'es vide, t'es au chômage. Regarde-toi, tu es en
pyjama.

— Apprends une chose, je suis très au-dessus
de ton mépris. Chômeur peut-être, en pyjama si
tu veux, mais libre, annonce Paul car au-dessus
du ridicule de toute évidence il l'est moins.

— Libre ?

— Parfaitement, tu veux que je te montre ?

— C'est-à-dire ?

— C'est-à-dire que je me casse quand je veux.

À quoi Marguerite oppose que l'expression
de la liberté, plus généralement tout aspect de la
dissidence, réclame une paire de couilles. Alors
elle n'est pas inquiète.

Dans la joute ils se sont rapprochés, les voici
front contre front à se postillonner des Petite
bite, des Pauvre mec, des Pauvre fille, des Je t'en

prie tes couilles va les prendre sur la commode elles t'attendent, des Très bien et je prendrai les clés de la bagnole avec, des Te retiens pas, des Ne me tente pas.

Bientôt à court d'images exprimant la sécheresse de l'une ou les limites de l'autre, ils se taisent. Et Marguerite s'en va prendre, effectivement sur la commode, les clés de la Citroën.

— Alors, tu les veux ?

— Qu'est-ce que tu fais ?

— Réflexe, dit-elle en lui balançant le trousseau à la figure.

Faute de réflexe, Paul aura au-dessus du sourcil gauche une légère éraflure. Ce n'est rien. Quoique pour le moment cela saigne.

— Tu es contente ? dit Paul, ça pisse le sang !

Et d'appuyer sur la coupure afin de susciter un épanchement plus scandaleux.

— Et voilà, soupire Marguerite, ça va être moi l'agresseur.

Le tableau ne manquerait pas d'affoler un visiteur extérieur mal renseigné. Justement le voici.

Hôtel, niveau inférieur

Au rez-de-chaussée, une longue salle dont s'affiche la vocation sur la porte — Congrès & Séminaires — et où semblent se dérouler des festivités corporatives. Chercherait-on Ariel qu'on l'y trouverait, en la société de gens vêtus pour le bureau et qui portent tous en sautoir un médaillon plastifié mentionnant « 20 ans Stérinase ». Par quel chemin, hasard ou décision, Ariel était-il venu de l'anniversaire de Paul jusqu'à celui de Stérinase, mystère. L'idée l'aura peut être traversé que Paul et Marguerite s'étaient trompés de soirée, avaient craint le mal de l'altitude, bref étaient demeurés en bas. Il sera allé vérifier. Pour rien donc. Il n'aura pas eu le courage de remonter, il sera resté boire un coup.

Un verre à la main, Ariel considérait présentement une vasque transparente emplie de curieux échantillons estampillés Stérinase. Des petits vaporisateurs d'eau de mer, conjecturait-il, pour le nez. Il préleva un flacon, le manipula, fit pshitt. Ce pourrait être une sorte d'eau de mer, en effet. Ariel reposa l'objet dans la vasque. Un inconnu à sa droite lui fit savoir que c'était offert, allez-y, servez-vous.

— Non ça va, j'en ai plein chez moi si je veux, se défendit Ariel, certaines répliques étant intégrées depuis le CM1.

— Vous êtes de la maison ? s'étonna l'inconnu, vous faites quoi chez Stérinase ?

— Rien, s'étonna à son tour Ariel qui commençait à s'interroger sérieusement sur sa notoriété. Et vous ?

L'homme ne faisait rien non plus pour Stérinase et s'en félicitait, rapport notamment à la coupe de leur costard. Il était de passage, logeait depuis deux heures dans la 109, mais celle-ci, tapissée de jaune et de noir, lui avait très vite donné la migraine. Ajoutez à cela que le cent neuvième plafond était entièrement peint, façon chapelle baroque bien que ne représentant pas des anges, mais Batman. De fait et pour s'en remettre, le résident de la 109 cherchait le bar. Vous l'avez vu ?

— Batman ? dit Ariel.

— Le bar.

— Ah. Non.

— Mais mais mais attendez, fit la 109.

— Quoi donc ? l'encouragea Ariel en dégageant son profil le plus médiatisé.

— Mais je vous connais !

— C'est possible, se réjouit Ariel.

136

— Mais oui ! Ça alors, quelle surprise ! Vous allez bien ?

— Ça va, ça va, dit Ariel, totalement rassuré.

— Incroyable, n'en revenait pas le type, y allant d'une considération facile sur les proportions du monde. Et qu'est-ce que vous devenez depuis Budapest ?

— Budapest ?

Désappointé, Ariel dut avouer qu'il n'avait jamais mis les pieds à Budapest, que ce devait être quelqu'un d'autre. Forcément, admit l'inconnu non moins désappointé et qui d'ailleurs prit congé. Il allait continuer à chercher le bar, à défaut un Aspégic, puis se coucher. Ça lui avait fait plaisir quand même, bonsoir.

Ariel en avait connu des soirées moyennes mais à ce point-là, peu. Lui aussi ferait mieux d'aller se coucher. Il décida de se donner un petit quart d'heure, à tout hasard. Dans le paramédical, les filles seraient, dit-on, plutôt familières.

Appartement Paul et Marguerite

Le mieux eût peut-être été de ne pas lui ouvrir à Sabine. Mais Marguerite n'a pas réfléchi. Elle était dans l'entrée, elle a entendu sonner, elle a saisi la poignée, elle a ouvert. C'est pavlovien.

Découvrant Sabine, elle pense eh merde et voudrait refermer. Mais déjà Sabine a aperçu le désordre des traits de Marguerite, de son maquillage, celui de sa chevelure, bon ça à la rigueur, et surtout Paul à l'arrière-plan. Cette tête de fou qu'elle ne lui connaît pas et ce coup de griffe au-dessus de l'œil. Constatant qu'elle dérange, Sabine entre très vite. Mais qu'est-ce que vous faisiez, vous faites peur à voir, qu'est-ce qui se passe ici ?

À partit de là, il s'agit de faire comprendre à Sabine qu'elle est de trop sans rien laisser deviner de la nature des événements. Ce qui n'est pas chose aisée avec des femmes de la trempe de Sabine qui déjà retire sa veste, pose son sac à main, s'implante, prête à servir de médiateur impartial et bienveillant.

— Racontez-moi qu'elle dit, on peut fumer déjà chez vous je sais plus, qu'elle dit en s'allumant une Vogue, vous avez un cendrier, oui, non, bougez pas je vais bien trouver un truc dans la cuisine, mais c'est quoi ce bordel vous vous êtes battus avec du gruyère ? Et la voilà qui pouffe en dispersant ses cendres sur le sol, comme il convient quand on est à l'aise dans la cuisine des autres. Alors ?

— Non, dit Paul.

— S'il te plaît Sabine, dit Marguerite.

— Donc vous vous êtes battus avec du gruyère, conclut Sabine qui en a vu d'autres. C'était quelque chose de sexuel ? se renseigne-t-elle, alors qu'elle sait bien, la peste. Paul éclatant d'un rire curieux et considérant méchamment Marguerite, Sabine en tire d'autres conclusions, toujours plus satisfaisantes, se sent débordante d'amitié. Racontez-moi tout, réclame-t-elle, afin d'être en mesure de le faire elle-même dans deux jours, au bureau. Paul, regarde-moi, mais tu es blessé ?

— Non, dit Paul.

— Sabine, répète Marguerite avec un geste hiérarchique vers la porte.

— Paul, qu'est-ce qui s'est passé, raconte-moi, mon loup ? susurre Sabine dont il faut dire qu'elle est une de ces célibataires invasives, toujours à compenser en familiarité avec les maris des autres.

— Sabine, s'il te plaît tu rentres chez toi, prie Marguerite, beaucoup plus ferme.

— Raconte-moi, mon loup, ça ne va pas, c'est quoi cette vilaine marque ? Et cette vilaine barbe ?

Et la voilà qui caresse la joue broussailleuse de Paul avec des airs de traînée à s'en faire coller une par Marguerite. Laquelle ayant des réflexes plus bourgeois préfère empoigner la visiteuse par le bras parce qu'elle aurait continué, c'est sûr, et à la fin il aurait fallu l'abattre à coups de revolver, matériel dont on ne dispose pas, du reste. Elle la tracte comme ça jusque sur le paillasson, au revoir, à lundi.

— Bon d'accord mais pour l'anniversaire, je leur dis quoi ? a le temps de laisser choir Sabine, avant de disparaître derrière la porte que Marguerite lui claque à la figure.

— Quel anniversaire ? demande Paul.

— Le tien, répond Marguerite, vu que ça n'a plus aucune importance. C'était une surprise.

La surprise ce fut le pompon. L'ultime et paroxystique expression du mépris de Marguerite envers Paul parce que Paul déteste les surprises et que Marguerite devrait être la première à le savoir. Dix ans qu'il lui rappelle, invariablement à J – 20 de son anniversaire, pitié pas de surprises. Et dix ans après, exactement trois mois après son anniversaire, *après*, notez la perversité, madame vous balance « surprise ». Incroyable. Et ça te fait rigoler ?

— Non, dit Marguerite, c'est nerveux.

Par la suite, Paul a tenté de faire admettre à Marguerite que cet anniversaire n'était que provocation, pure cruauté. Il a voulu savoir s'ils en étaient vraiment là, à la cruauté gratuite. Marguerite lui a proposé d'aller se faire voir. Paul a répété qu'il ne fallait pas le tenter. Marguerite a répondu je ne sais plus quoi. Mon Dieu ça ne cessera donc jamais.

Toit de l'hôtel

On en savait un peu plus sur l'état civil de ce chien et ce n'était pas grâce à Michel. Il ne voulait toujours pas approcher la bête, maintenant entre elle et lui toute la longueur de la terrasse pour distance de sécurité. Personne n'avait eu le courage d'entendre jusqu'au bout l'histoire fondatrice de cette aversion qui mettait en jeu une cour de ferme, un fond de culotte et le petit Michel à bicyclette.

Stan avait à disposition dans son entourage un vétérinaire consultable en pleine nuit pour des questions idiotes, celui-ci étant son beau-frère, et il avait proposé de le déranger afin de faire avancer le débat. On avait donc adressé au beau-frère quelques photos du cadeau, ainsi que des indications de largeur, de volume, de hauteur au garrot. La réponse n'avait pas tardé, se manifestant sur le téléphone de Stan par les premières notes de *La Traviata*. Détaillée et chapitrée en trois messages successifs, à croire que le beau-frère n'attendait que ça, à près de minuit un samedi soir, elle éclaira une partie de l'énigme. Ce chiot appartenait à une race qui, bien qu'assez ancienne, subissait encore différentes expérimentations visant à l'améliorer car elle n'avait jamais été tout à fait au point. Il s'agissait d'un bouledogue français.

Stan remercia par retour de texte. Dès lors, le vétérinaire, réveillé, fit parvenir à son parent d'autres messages fournissant toujours des renseignements anatomiques mais assortis de photos personnelles, que Stan, plié de rire, ne souhaita pas partager au motif qu'elles étaient de famille.

— Fais voir, exigea Virginie moins doucement qu'à l'accoutumée.

— Non, dit Stan.

— Allez, donne, dit Virginie, appréhendant d'autorité le téléphone conjugal. Pour le rendre peu après, informant Stan que son beau-frère était un cochon.

Fort de ces informations liminaires, on les avait tout naturellement soumises à un certain moteur de recherche encyclopédique afin d'en obtenir d'autres. C'est ainsi que l'on sut que la bête était bourrée de problèmes de conformation. Sujette à des soucis respiratoires, ophtalmologiques et dermatologiques pour ne pas parler des problèmes ostéo-articulaires liés à une sévère disproportion poids-taille, sa durée de vie dépassait rarement cinq ans, sauf à disposer des moyens financiers nécessaires à toutes les réparations. En vérité, le bouledogue français en bonne santé n'existait pas. Dans les interstices de ses nombreux plis se développait *a minima* une infection bactérienne vite signalée par une odeur insupportable et l'on ne savait trop conseiller aux propriétaires d'assurer par une désinfection quotidienne attentive la salubrité de ces zones humides. Au reste, mieux valait ne pas s'attacher à ces chiens-là : leur hypoplasie congénitale n'en faisait pas des compagnons durables. C'est que la trachée de ce pauvre bouledogue étant d'un diamètre trop étroit pour assurer une ventilation correcte, il ne supportait ni l'effort ni la chaleur, deux choses qui se présentaient fatalement dans l'existence de chaque Français. Il est toujours un été un peu aride et une marche un peu haute à franchir. Tant de fragilités avaient fait que ces cent dernières années l'on s'était désintéressé de cette créature déprimante. Et soudain la mode en avait été relancée par Yves Saint Laurent, parmi d'autres accessoires pour la ville, blouson noir, saharienne. Abrégeons, Marguerite avait acheté à Paul un chien biologiquement condamné qu'il leur faudrait regarder mourir par étouffement dans les effluves pestilentiels de ses lésions cutanées, si on avait bien tout compris. Le subconscient vous commande de ces choses.

Michel avait déjà moins peur. Il prit même la chose en pitié. Il s'en approcha, lui toucha la truffe, en fut tout retourné. Dès lors, il voulut lui donner un nom, ainsi qu'il est d'usage envers les grands prématurés, même si ça ne sert plus à grand-chose. C'est important, pontifia-t-il, de nommer l'être pour en faire son deuil. On lui dit de ne pas s'enflammer, s'il fallait croire tout ce qu'on dit sur Internet, allons. Ce chien est tout ce qu'il y a de plus fougueux, il aura simplement pris des médicaments pour dormir, point, ce n'est pas le chiot de Marguerite pour rien.

Michel proposa tout de même de l'appeler Super, à l'instar d'un chien qui existait déjà, à l'état imaginaire, dans un livre que Michel concevait comme le plus grand. Personne ne relança Michel sur ce mystérieux livre. On commençait à en avoir un peu plein les bottes de Michel et de son obsession pour la conservation intéressante. Va pour Super, bien qu'il n'ait pas la gueule de l'emploi.

La question suivante fut celle de la nourriture de Super, qu'est-ce que ça mange à cet âge-là, est-ce qu'un morceau de fraisier le tuerait.

Appartement Paul et Marguerite

Paul, indécrottablement campé sur le sofa, soutient qu'il n'a pas de nouvelles d'une certaine Daphné et Marguerite se dit persuadée du contraire. Fébrile, elle fait et refait le tour de la pièce, auscultant la fonction annuaire d'un téléphone qui n'est pas le sien.

— Rends-moi ça, dit Paul, et dans sa voix perce une certaine lassitude.

Marguerite s'oppose hargneusement à toute restitution, elle trouvera ce qu'elle cherche, inutile de lutter. Bingo : le numéro de Daphné n'apparaît pas dans les contacts de Paul. Piégé, le Paul. Marguerite n'est pas Sherlock Holmes mais Marguerite sait qu'il n'est pas naturel de dissimuler le numéro d'une simple copine, si?

Paul répète qu'il ignore aujourd'hui tout de Daphné, jusqu'à son téléphone, en effet. Qu'est-elle devenue, que fait-elle et où sur terre, il n'en sait rien. Elle est sûrement utile quelque part, mariée quelque part, deux ou trois enfants selon ses vœux. Et Marguerite pourrait-elle cesser de tourner ainsi autour du canapé ? Il a l'impression de ne voir que du vert dans cette pièce, il a le tournis.

— Ou pas ! piaille Marguerite, peut-être qu'elle ne sert à rien quelque part, peut-être qu'elle ne sert plus à rien ni à personne, après tout ?

Paul rappelle que Daphné sauvait des vies, elle. Elle doit continuer, ce n'est pas un hobby la médecine humanitaire, on ne passe pas à autre chose un beau matin sur un coup de tête. Enfin, c'est une supposition, encore une fois il n'a pas de nouvelles depuis dix ans.

— Je ne te crois pas, je ne te crois pas, n'en démord pas Marguerite, et médecine huma-nitaire, mon cul, elle était secrétaire dans une ONG ta copine, médecine humanitaire, elle t'a fait croire ça ? T'es trop con.

— Marguerite, dit Paul.

Quoi Marguerite ? Marguerite voudrait ne plus être prise pour une idiote, Marguerite n'a pas l'intention de se calmer, Marguerite est sûre que Paul et Daphné échangent encore, des lettres, des mails, sinon des rendez-vous secrets, elle l'a toujours su. Elle hurle. Qu'est-ce que tu caches ? Depuis quand ? Planquer son numéro pour que je ne me doute de rien, la belle trouvaille ! À quel nom tu l'as mise ? Comment tu l'as appelée ?

— À Allô Pizza, soupire Paul pour détendre l'atmosphère comme si on allait rigoler un bon coup et en rester là.

— A, A, A, cherche-t-elle tant elle est ébranlée, Adrien, Alban, Alexis, Alice, Allô Sushis, Anne-Claire, Ariel, pianote Marguerite. Ah, tu te fous de ma gueule ? dit-elle, parvenue bredouille au standard d'Axa Banque. Tu l'as vu quand la dernière fois, dis-moi Paul, ou je l'explose, ton téléphone.

Indifférent à la dimension bassement électronique de l'existence, Paul observe un silence assez long. Trop long. Marguerite avait prévenu, et puis elle s'est entraînée avec les clés : elle projette l'appareil contre le montant de la cheminée. Cette fois Paul intercepte l'objet, d'un bond, d'une main, s'en trouvant lui-même étonné. C'est sûr. On ne soupçonne pas le singe en soi si prêt à servir, ça fait toujours quelque chose.

— Je le casserai plus tard, informe Marguerite.

— Si tu veux, dit Paul.

Et il se réinstalle sur son canapé, croise les jambes, demeure ainsi, placide et silencieux. Sûrement évalue-t-il les effets de la révélation qui va suivre. Ou alors, rien à voir, songe-t-il à ceux de la rencontre Racing-Montpellier sur le plan du Top 14.

— Tu l'as vue quand la dernière fois ? répète Marguerite, pâle, rageuse, des cernes gris progressant sous ses yeux.

— La dernière fois, elle n'est pas venue.

— Comment ça ? Quand ?

— Dix ans, je te l'ai dit. Un début de septembre, je crois. Le 8, peut-être.

— Le 8 septembre ?

— Le 8 septembre, confirme Paul puisque à présent il s'en fout.

— Mais le 8 septembre, répète Marguerite, et son timbre est soudain celui d'une petite fille.

— Oui, dit Paul.

Le soir du 8 septembre Marguerite s'était rendue chez Paul. Sans vraiment s'annoncer, au prétexte d'emprunter un truc, était-ce un livre, était-ce du matériel de camping, était-ce véritablement un prétexte. Elle ne l'avait pas trouvé en forme, pas du tout. Elle, elle l'était plus que jamais. Elle était bronzée, ce jour-là, mince, elle se sentait forte, elle avait ce nez irréprochable : elle lui avait dit, désinvolte et royale, tu veux que je reste ? Il avait accepté. Marguerite avait pris cela pour une déclaration. Elle s'était sentie encore plus forte. Elle avait maîtrisé les événements jusqu'à l'aube. Et depuis le matin du 9 septembre 1999, 9.9.9. on s'en rappelle, Paul et Marguerite formaient à nouveau un couple.

— C'était juste que Daphné n'est pas venue, c'est juste que Daphné n'est pas venue, murmure Marguerite.

Vacillante, elle s'est appuyée à la fenêtre, dos contre la vitre, on dirait qu'elle va glisser au sol, telle une goutte.

Marguerite est une suppléante, un malentendu, et techniquement, autant qu'elle se souvienne de la nuit du 8, elle est même une acrobate. Alors qu'un instant auparavant on lui reprochait sa pudibonderie. C'est amusant. Elle pourrait en rire. Si elle était devenue folle ou s'il s'agissait de quelqu'un d'autre.

— Et si elle était venue ? demande très bas Marguerite.

Paul ne dit rien.

— Et si elle était venue ?

— De toute façon, murmure Paul, on ne saura jamais.

— Quoi ?

— Si elle aurait voulu de moi pour vivre. Alors.

— Paul, implore Marguerite.

Paul dit, mais de quoi on parle à la fin, c'est juste un souvenir, ce n'est pas un crime et c'est toi qui m'en parles, est-ce qu'on peut arrêter d'en parler ?

Marguerite veut encore penser que c'est faux, voudrait faire dire à Paul qu'il invente tout cela pour la blesser, pour gagner, que c'est impossible. Les deux premières années après les retrouvailles ont été si belles. Marguerite refuse de croire que Paul se serait simplement laissé faire. Elle dit, Paul est-ce que tu m'aimes ?

Il ne répond pas.

Un temps et puis Marguerite verbalise la question autrement : qu'est-ce qui te plaît, chez moi ?

Paul dit qu'il ne sait plus.

Puis il dit, si, avec toi c'était simple.

Hôtel, niveau inférieur

Persisterait-on à chercher Ariel qu'on le retrouverait au même endroit, rez-de-chaussée, salon Séminaire, là où les représentantes du corps paramédical sont supposées fraîches et accessibles. Si jamais Ariel avait tenté d'approcher l'une de ces créatures, gageons que ces approches étaient restées vaines. Car il demeurait seul avec son verre. Gageons aussi, d'après la très légère oscillation avant-arrière qui semblait compromettre sa verticalité, que des verres, il avait dû en vider une certaine quantité. Évidemment, quand on ne connaît personne.

Dans la mesure où on ne risque pas d'obtenir quoi que ce soit de captivant de la part d'Ariel pour le moment, rien ne nous empêche de nous intéresser à son entourage immédiat.

Prenons ce petit groupe, légèrement en retrait de la masse, dont la conversation, à propos d'un certain Béranger, paraissait d'une réelle intensité. Était-ce à Béranger d'endosser tout ça, avec ce que Béranger avait fait pour la boîte, sachant ce que l'on savait sur la probité de Béranger, s'enflammait en substance un petit type en cravate. Que veux-tu, lui opposait un autre type qui n'en portait pas et qui devait être un collaborateur, les actionnaires veulent des coupables quand ils n'ont pas de résultats, tu les connais les actionnaires, Hébert n'avait pas le choix, tu aurais fait quoi à la place d'Hébert ? Tu aurais débarqué au conseil et tu aurais dit messieurs, c'est ma faute, j'ai géré le site de Blois comme un cochon ? Non. Et puis dis, ton Béranger il n'avait qu'à en avoir, des résultats.

L'autre avec sa cravate estimait que ce n'était pas si simple, Béranger était fragile et sous le coup d'une infamie pareille, qui sait ce qu'il pourrait faire. Ça, c'est sûr qu'avec Béranger ils n'ont pas choisi le plus résistant, intervint une femme la bouche pleine, il n'est pas du bois dont on fait les boucs émissaires, Béranger, il pourrait craquer. Tu penses bien qu'Hébert y a réfléchi, reprit le type en cravate. C'est-à-dire ? C'est-à-dire que le suicide dans les affaires, c'est irrésistible. Tu diabolises, dit la fille qui mâchait désormais un cure-dent. Je diabolise, je diabolise, je ne crois pas, ton Hébert, c'est un fauve, tiens et d'ailleurs il est où Hébert ? F'est vrai fa, il est où André ? f'effprimait la fille à cause du cure-dent. Ah ? triompha la cravate, tu en as vu beaucoup des anniversaires de la boîte sans le DG ? Il ne se sent pas très bien va, il se cache. Il a peur qu'on lui balance des petits-fours et crois bien que j'aurais été le premier à tirer. Hein, il est où

ton Hébert ? Derrière toi, a dit l'autre collaborateur qui comme tout collaborateur sans cravate
est là avant tout pour rigoler. La grande gueule
a lâché son toast au crabe et s'est retourné d'un
seul coup, mais personne. Il a dit vous êtes cons,
tiens, mais il en tremble encore.

Revenons à Ariel qui semblait depuis s'être
trouvé un interlocuteur. Vous voyez le type
de dos en veste anthracite là-bas ? disait-il à
quelqu'un en gris qui répondait par l'affirmative. Bon, vous voyez le type à côté, à peine plus
grand en veste anthracite aussi ? Sont tous habillés pareil, ces clowns. Vous voyez ou pas ? Eh
bien, il parle avec une femme un peu boulotte,
vous la voyez ? Oui. Et derrière elle, vous voyez
cette autre femme, en bleu ? Eh bien, je lui plais.
Félicitations, disait le type, tentant une retraite
polie. Non vraiment je lui plais, je sais quand je
plais, insistait Ariel, se saisissant fermement de
l'épaule du type, tu ne veux pas aller lui dire que
moi aussi ? Elle est timide.

Le type parvint tout de même à se dégager de
l'étreinte alcoolisée d'Ariel et décampa. Aucune
importance, Ariel pouvait se débrouiller seul.
Il décida d'adresser à la fille en bleu un sourire
sans équivoque et de le clarifier si nécessaire
d'un geste entraînant de la main. Cependant,
il ne la trouvait plus dans l'assemblée. Plus personne de bleu. Elle était partie. Sur les tables
nappées, on venait d'apporter des choux à la
crème, des tartelettes. Ariel se donna un petit

quart d'heure pour laisser à la fille une chance de revenir. Ensuite, il irait se coucher.

Le petit quart d'heure écoulé, Ariel se mit en mouvement, sans stabilité ni direction apparente, chaque pas pouvant le conduire à s'étaler sur les plateaux de mignardises. Ah si, de direction il en avait une : il aura voulu rejoindre, aux abords de la vasque d'échantillons, ce type isolé occupé à déchiffrer la posologie d'un flacon de Stérinase.

— C'est deux pulvérisations trois fois par jour, lui apprit Ariel.

— Merci.

— Mais si vous voulez mon avis, vous pouvez vous en envoyer dix-huit, ça ne vous fera pas de mal. Ce n'est jamais que de la flotte.

— Dix-huit pulvérisations de ce truc, opposa le type, le risque est de vous exploser la muqueuse.

— Vous êtes de la profession ? s'intéressa Ariel contre toute habitude.

— Indirectement, dit le type.

— Indirectement, répéta Ariel non sans difficulté, t'es indirectement dans la profession ?

Le type déclina son emploi, Ariel entendit chuichir et s'avoua étonné. Chuichir ? C'est du français ?

— Chirurgien ORL, mais je dois vous quitter, prétendit le chir qui venait de constater l'état d'Ariel.

Or ce que le praticien ignorait et que nous ignorions jusque-là, c'est qu'Ariel n'attendait que ça. Rencontrer un chirurgien ORL. Comme ça, au hasard d'une soirée et badiner avec lui de son art. Il en est qui rêvent de tomber sur des blondes télévisées, des journalistes politiques intimement renseignés, des icônes du rock. Ariel, la figure qu'il voulait rencontrer, c'était un chirurgien ORL. Vous me direz, des chirurgiens ORL, on en trouve plein les cliniques qui consultent à heures fixes et dont les prestations font même l'objet d'une prise en charge. Certes, mais ce n'est pas pareil. Prendre un rendez-vous, c'est déjà se reconnaître une défaillance, et celle dont Ariel est sûr de ne pas souffrir est difficile à admettre : Ariel ronfle. Depuis quelques instants, il avait donc entrepris de retenir le type, lequel, solidement arrimé par la manche à la personne d'Ariel, devait se mordre les doigts d'avoir voulu faire le malin. Que n'avait-il répondu laveur de pare-brise porte d'Orléans, équarisseur, sans emploi.

Sous le coup de la bonne surprise, Ariel avait cuvé d'un coup sa sangria de congrès. Derechef, il exposa à voix basse cet éventuel problème respiratoire qui faisait fuir les compagnes de ses nuits. Il en était de persévérantes, bien sûr, qui juraient ne rien entendre. Mais c'était souvent les moins belles ou celles qui ronflaient davantage.

— Moins fort, lui fit valoir le chirurgien parce que en réalité Ariel criait. Et qu'est-ce que je peux faire pour vous ? soupira-t-il, décidé à la patience, après tout puisqu'il était là.

Ariel aimerait savoir, docteur, ce que l'on entend par ronflement. Il voulait bien avoir une respiration bruyante, mais un ronflement c'étaient là des manifestations de la dernière grossièreté qui, chez lui, n'allaient pas du tout avec le reste, il suffisait de le regarder.

— Eh bien, dit le type, vibrations des tissus naso-pharyngés sous l'effet de, mon dieu, tant de choses.

— Comme?

— Rhinite, embonpoint mais ce n'est pas votre cas, étroitesse de la mâchoire inférieure, quoi encore, vous avez toujours vos amygdales?

— Je crois, dit Ariel.

Et ouvrant grand la bouche, il dit A.

— Merci, recula le praticien, mais si vous avez vos amygdales, ce serait une explication. Les amygdales quand ça vibre ça s'entend, oui. C'est obstructif par exemple, les amygdales.

— Disons que je fais un bruit, mais de là à en déduire que je ronfle, je ne sais pas.

— Eh bien, passez me voir au cabinet, tenta de se dérober l'homme de l'art, ce fut un plaisir, monsieur?

— Inutile, dit Ariel le retenant par une main et produisant de l'autre un téléphone multifonctions.

— Non, non, non, objecta le médecin qui d'expérience avait deviné les intentions de l'ivrogne.

— Si si si, le retint Ariel, lui représentant qu'à force de se faire entendre dire qu'il ronflait il avait fait la démarche de s'en assurer grâce au petit appareil que voici qui permet d'enregistrer tout ce qu'on veut, je ne vous apprends rien. Le temps de rechercher la piste correspondante, permettez, ça doit dater d'avril. La voici, 4 avril. Pour bien faire il eût fallu des écouteurs.

— Dommage, espéra le type.

— Figurez-vous que j'en ai toujours sur moi, triompha Ariel, produisant l'accessoire. Écoutez, c'est assez court, vingt minutes au plus, nuit du 4 au 5 avril.

— Non, vraiment, ça ne permet pas de diagnostiquer, se débattit le médecin.

Il proposa même un autre verre, affecta d'avoir repéré une connaissance dans l'assemblée, de manière générale chercha à se soustraire. Ariel ne voulut rien savoir.

— Écoutez, dit-il en plaçant d'autorité l'oreillette dans le pavillon du type qui la prochaine fois réfléchira avant de parler à n'importe qui.

— Ça ne me dit rien, non. On dirait des vagues.

— Vous êtes sûr?

Vérifiant l'appareil, Ariel s'aperçut qu'il s'agissait de l'Atlantique, en effet, mille excuses. Il était à Saint-Malo le 4 et il avait capté les vagues pour les faire entendre à son fils, d'où la confusion. Il s'enquit de la possession d'un fils chez le médecin qui eut la présence d'esprit de dire que non, pas d'enfant, non. Ariel enclencha la bonne piste et implanta à nouveau l'écouteur dans le type sans défense.

— Oui, ça ronfle, indiscutablement.

— En termes de décibels sur une échelle de un à huit ? D'après ce que vous connaissez ?

D'après ce que le chirurgien connaissait, c'était déjà pas mal. Quant aux décibels, ça ne s'appréciait pas de un à huit mais de zéro à plus cent cinquante, voilà, vous êtes plutôt par là, dans les cent vingt. Et vous commencez à me courir, et puis oui vous ronflez comme un moteur de Zodiac, c'est tout de même incroyable de faire chier le monde comme ça, au revoir monsieur.

— Mais attends, supplia Ariel, j'ai eu un accident de ski, je me suis pris la spatule d'un type dans une descente, un Suisse qui s'est tiré tout de suite, comme ça, paf ! démontre Ariel, s'administrant une claque sur la face droite du nez. On ne m'avait jamais parlé de ronflement avant cet accident, j'ai fait le rapprochement : ski du Suisse, déplacement de la cloison nasale, obstruction des voies respiratoires, résultat bruit. Qu'en penses-tu ?

Le type demanda qu'on lui lâche la manche, précisant que c'était la dernière fois qu'il demandait.

Ariel savait qu'il ne remettrait pas de sitôt la main sur un expert. Alors il a insisté, bêtement : est-ce que cette hypothèse de cloison nasale valait quelque chose ? Il ne voulait que son avis, il le laisserait partir ensuite.

Le type a demandé à Ariel s'il voulait vraiment l'avoir, son avis.

Appartement Paul et Marguerite

Paul, assis en tailleur sur le tapis du salon, ébouriffe, de ce tapis, les poils. Bon.

Dans la mesure où il ne se passe rien ici non plus, sinon la voix de Garfunkel sur les accords de tierce de Simon, c'est le moment ou jamais de placer quelques mots à propos de cette mythique association, je veux dire Paul Frédéric Simon et Arthur Ira Garfunkel. Paul Simon et Art Garfunkel sont nés en 1941 à quelques jours d'écart, l'un à Newark, l'autre à New York, suite de quoi ils ont formé au lycée un groupe de folk et l'ont d'abord baptisé Tom & Jerry, ce qui ne les a pas empêchés de devenir ce qu'ils furent. Depuis ils n'ont jamais cessé de se séparer et de se retrouver, de se séparer, de se retrouver, c'est là quelque chose de très beau. Autre chose à savoir, c'est surtout Art qui chante et Paul qui fait tout le reste, guitare, textes et partitions bien qu'il chante aussi, mais moins bien. Disons qu'il ne tient pas longtemps dans les aigus, Simon.

Paul — pas Simon, l'autre, le nôtre — se lève, s'allant planter à la fenêtre, poings au fond des poches. À ce moment passe un bateau sur la Seine qui projette jusque sur lui un faisceau de lumière. Et comme c'est toujours un plaisir, les sunlights, brièvement Paul sourit.

Il se place ensuite devant l'autre fenêtre bien qu'elle offre la même vue, preuve d'un certain trouble. Il en ouvre les battants. En bas sur le trottoir, un grand homme accroupi sur un carton, la tête rejetée en arrière, parle au ciel sans indulgence. C'est une langue abîmée, sans verbes.

À l'intérieur, « *Lie la lie, lie la lie la, lie la lie la, lie la lai* », énoncent huit fois Tom & Jerry.

Paul rabat sur sa tête la capuche de son survêtement, quitte la fenêtre. Ainsi cagoulé, il bascule dans le grand fauteuil blanc. Il semble qu'il ne s'y trouve pas bien, il revient au canapé, s'y étend sur le dos. La lumière de la rue projette en ombres chinoises au plafond les motifs ouvragés du balcon. Paul tend la main vers les formes fuyantes, en suit les contours compliqués, comme on dessine. Puis son bras s'abat lourdement le long de son corps.

Marguerite paraît. « The Boxer », annonce-t-elle, ma chanson préférée.

Sans lever la tête, Paul dit, je pensais, si seulement tu nous avais laissés avoir un chien.

Marguerite dit oui, pardon.

— De toute façon, on ne sait pas vivre. On ne saura jamais. Avec ou sans.

— Quoi? dit Marguerite.

— Chien. Tu avais invité qui?

— Je ne sais plus, quelle importance.

— C'est vrai.

Au tour de Marguerite de se planter devant la fenêtre ouverte. L'homme sur le carton reprend son discours éclopé.

— Je n'ai jamais compris quelle était sa langue à ce pauvre homme.

— De l'anglais.

— Non, dehors, le clochard.

Paul dit que c'est du français non conjugué, uniquement des adjectifs, des prénoms, des adverbes. Il crie toute la journée. Paul a eu le temps de s'y faire.

— Tu as eu le temps, répète Marguerite.

Marguerite chavire vers le fauteuil blanc, regarde au plafond. C'est un peu l'attraction de l'appartement, le plafond.

« *In the clearing stands a boxer / And a fighter by his trade / And he carries the reminders / Of ev'ry glove that laid him down* », exposent Simon et Garfunkel qui doivent le faire exprès.

Marguerite au fond du fauteuil blanc semble s'assoupir.

On ne saurait rien, on dirait qu'ils attendent une visite.

« *Lie la lie, lie la lie la, lie la lie la, lie la lai.* »

Paul souhaiterait, sans vouloir commander,

161

qu'on éteigne la musique. Encore un laï laï laï et il tue quelqu'un.

Marguerite ne bouge pas.

Paul quitte la pièce.

Marguerite attend pour se lever la fin du «Boxer», qu'il dise « *I'm leaving, I'm leaving* ». Elle cherche Paul, le débusque à la cuisine, appliqué à détacher l'opercule d'un yaourt allégé. Il l'engouffre en trois cuillères à soupe.

— Tu ne les aimes pas ceux-là, relève Marguerite.

— Oui mais bon à ce compte-là.

Paul attaque un second yaourt, l'améliorant cette fois de sucre en poudre. Après quoi, cherchant autre chose, il passe la tête dans le réfrigérateur, arrête son choix sur une banane, s'étonne qu'on l'ait mise au frais, la fait descendre avec du jus d'orange, à même la brique. Cela n'est pas encore assez. Persistante fringale.

— On n'a rien au chocolat?

Marguerite dit, tu veux qu'on sorte? Il dit non. Et alors, elle dit, tu veux quoi?

— C'est très bizarre, avoue Paul, j'ai envie d'une de ces saloperies pralinées avec du chocolat autour, du chocolat au lait, tu sais avec le papier rouge?

Il a l'air sincère, presque perdu.

— Les petites boules dorées avec la noisette au milieu? tente Marguerite

— Non, je te dis du papier rouge!

Paul s'énerve.

— Ah, un rocher ? Un rocher Suchard ?

— Voilà, ça. On en a ?

— Non. On n'en a pas.

— ...

Paul sort de la cuisine, enfin il s'échappe.

Paul se dirige vers la chambre, très vite, à grands pas, Marguerite le suit, d'abord du regard puis vraiment. Paul se jette sur le lit, se frappe le front sur le matelas, pas sur le mur parce que n'est pas ce genre d'histoire, ce n'est pas ce genre de type.

Marguerite le rejoint. Paul demeure un moment dans cette posture, en boule, la tête rentrée dans les genoux, position du lotus pour les amateurs de yoga. Marguerite se pose sur le bord du lit, elle dit, ça va ? et à nouveau il ne répond pas. Paul se déroule brutalement, s'allonge sur le dos, frappe encore de son poing le matelas, il dit, putain mais putain. Apparemment quelque chose ne va pas, quelque chose qu'il voudrait dire.

Marguerite entreprend alors ce qu'il nous faut bien consigner ici. Elle se saisit de l'élastique du pantalon de Paul, le fait descendre de manière assez peu hésitante. Mais qu'est-ce que tu fabriques ? s'intéresse Paul. Laisse-moi faire, ordonne-t-elle avant d'engager un pas concret vers la réparation, un pas plus couramment appelé fellation. Non arrête, se récrie Paul, tu ne vas pas. Mais Marguerite n'est déjà plus en mesure d'articuler une réponse. Marguerite ! dit

Paul, le souffle court, arrête ! Mais Marguerite continue. Alors Paul, le souffle encore plus court, encore plus fort : arrête, je t'en supplie, je ne suis pas un. Marguerite persiste. Je ne suis pas un salaud ! crie Paul et dans un mouvement brusque, volontaire ou non, il met fin à la réparation. Marguerite se relève, elle dit doucement, dégage. Il dit, écoute. Elle hurle, dégage, elle hurle, il ne bouge pas. Elle le bouscule, d'une force, d'une violence, et le voici de l'autre côté de la porte.

Paul s'agite dans l'appartement, passe la tête au salon, à la cuisine, à la salle de bains. On dirait qu'il visite enfin l'appartement de Stan. Il revient vers les toilettes de l'entrée, y entre, en sort. Je crois qu'il cherche quelque chose qui ferme à clé. La porte de la salle de bains, elle ferme. Il s'en souvient puisqu'il y va, la claque, place le verrou, c'est un truc à l'ancienne, une chevillette. Il entre dans la baignoire, s'assoit au fond et là ça va, semble-t-il. Il étreint ses genoux, plonge le visage entre ses bras, on dirait l'homme sans verbe sur le carton. Il mord le jersey de son pantalon. Il crie profondément, rauque, bas. Ça se passe dans le ventre, pas dans la tête.

Toit de l'hôtel

Le magnétisme dégagé par des chatons en vidéo basse définition agit même sur les individus les plus sensés, suscitant des comportements regrettables (glapissements, répétition compulsive du visionnage, emploi d'adjectifs prohibés tels que « chou », « craquant ») qui portent gravement atteinte à la dignité de leurs auteurs. Il ne s'agit pas d'un communiqué de l'OMS mais de la triste vérité. Que quelque chose soit petit, fourré, avec de grands yeux, et voilà, fin de la civilisation.

Le phénomène se vérifie aussi auprès des petits chiens. Depuis près de vingt minutes, Super endormi circulait dans un cercle étroit d'adultes hébétés. Il passait des uns aux autres, repassait, on le tripotait plaisamment avec des mains propres s'il vous plaît, avait recommandé Michel, repassait encore, certains râlaient de ne l'avoir tenu qu'une fois quand d'autres se laissaient aller à lui appliquer sur le crâne, voire sur le ventre, de furtives papouilles.

Le phénomène est tout aussi connu qui n'a rien à voir avec le précédent : le chien permet de diagnostiquer les solitudes comme personne. On commence à se renseigner auprès de son voisin sur l'existence ou non d'un compagnon fidèle, vous avez un chien, non et vous, et après pour les confidences ça va tout seul. Démonstration.

Tout en suivant des yeux le va-et-vient de sa main brossant l'échine de Super, Benoît livrait à grands coups de phrases douloureuses le récit apocalyptique de sa dernière rupture. Une certaine Bénédicte, ancienne collègue de travail, qui avait un matin porté chez lui ses affaires de fille, lesquelles n'y étaient plus depuis huit mois à l'exception d'une persistante odeur de tubéreuse et d'une théière en fonte. À présent Benoît savait que plus personne d'affectueux ne l'attendait à la maison, de fait en sortir lui devenait pénible, de fait il ne sortait quasiment plus, passant ses après-midi à suivre une série télévisée produite outre-Rhin mettant en scène un berger allemand, ou encore à manger des chips, le tout s'apparentant à une vie de chien. Du moins avait-il le temps de préparer des diaporamas.

— Ah oui, ça oui, ça c'était bien, le congratula-t-on, tu vois la vie continue.

Benoît n'était pas opposé à l'idée d'une rencontre, bien sûr, mais il ne trouvait jamais rien de gracieux à dire aux femmes, rien qui ne fût pas démoralisant. Tenez Rose, la fille de l'arête. Elle lui plaisait bien Rose avec son côté chien perdu. «Vous avez l'air d'un chien perdu», lui avait-il dit comme un imbécile pour engager la conversation. Il regrettait, c'était grossier, et après elle s'était étouffée.

— Je ne vais pas très bien non plus, dit alors quelqu'un dont c'était le tour de gratter Super entre les oreilles, embrayant sur une histoire très différente portant sur une incapacité à conserver un travail plus de trois semaines. La personne foutait toujours le camp peu avant la fin de la période d'essai. Et comme c'était quelqu'un qui avait des diplômes de comptabilité, c'était un beau gâchis pour la collectivité.

— Quel est le problème ? releva Benoît, en profitant pour récupérer Super.

Le problème était le suivant : la personne ne se sentait bien qu'à l'essai. Au-delà, cela ne lui semblait pas supportable, elle fuyait, pour refaire un essai ailleurs, avant même de savoir si le précédent avait été concluant. Et ainsi de suite, tel un forcené. Pour le moment, elle se trouvait à l'essai dans la société Stérinase dont se tenait l'anniversaire au rez-de-chaussée. Mais elle avait préféré essayer une autre soirée, d'où sa présence. Si la personne ne s'était pas manifestée jusque-là, c'est qu'elle avait constaté la présence également clandestine de son DG, M. Hébert, André, et ne souhaitait pas s'en faire connaître. Deux semaines avant de démissionner, pour quoi faire.

On demanda à l'employé de Stérinase son prénom ainsi que sa position quant à tout ce qui était thérapie comportementale, psychanalyse, accompagnement, etc. En gros, avait-elle vu quelqu'un ?

La personne répondit Marc et dit, oui, des psys, plein. Mais bof. Ils ont essayé de m'aider je ne dis pas. Ils ont fouillé, notamment entre six et quinze ans, ce serait là où on trouverait le plus d'origines, entre six et quinze. Ils ont fini par découvrir qu'à sept ans j'avais volé une Fiat chez Mammouth.

— Une Fiat ? s'étonna-t-on.

— Un petit modèle, Majorette, tempéra Marc.

— Ils ont fait des Fiat chez Majorette ?

— La Ritmo, la Tipo, la 500, la Panda, le Coupé, débita aussi sec Michel qui à force en devenait effrayant.

— Ça expliquerait quoi ?

— Tout. Par exemple, aujourd'hui je n'ai que des Fiat. Ce serait que je leur dois quelque chose, à Fiat. Et pour les périodes d'essai, ce serait pour éviter d'être découvert.

— Qu'on découvre quoi ?

— Eh bien que je suis un voleur, dit Marc sur le ton de l'évidence, c'est terrible pour un comptable.

On s'accorda à trouver qu'en effet, bof. Ça ne réglait rien cette histoire de petites voitures. Si la psychanalyse ne pouvait pas plus, autant prendre un chien, effectivement.

— Je m'appelle Sophie, dit alors Sophie d'une voix si grave, si solennelle qu'elle semblait monter droit de l'une de ces cryptes où l'on trouve à volonté des thermos de café, des Pépito rassis, des chaises arrangées en U et des semblables.

— Bonjour Sophie, lui dit-on sur le mode choral approprié.

Dans un premier temps, Sophie répéta simplement, j'ai honte, j'ai honte en reniflant par intermittence.

On lui fit savoir qu'on en était tous là, on lui assura que cela passait toujours. Rien n'y fit. J'ai honte, répétait-elle, serrant Super à l'étouffer. Elle l'étreignait si fort qu'il émit dans sa léthargie une sorte de couinement. J'ai honte, j'ai honte de moi, reniflait-elle toujours.

— Tu as tué un petit chien ? supposa Michel d'un ton policier, c'est pour ça que tu as honte ?

— Ça va pas non ! se récria Sophie, ajoutant qu'elle serait heureuse d'avoir des problèmes aussi simples.

Michel reprit tout de même Super par sécurité et parce qu'il s'était vraiment attaché. Le serrant sur son cœur, il fut surpris de constater que Super vibrait. Les chiens sont comme tout le monde, ils doivent trembler avant de passer l'arme à gauche, songea Michel, paniqué. Il allait appeler au secours quand la vibration s'arrêta. C'était son téléphone qui se manifestait du fond de sa poche pectorale. Je suis bête, s'exclama-t-il soulagé, et comme quiconque ne s'était aperçu de son fugace émoi, on supposa que c'était un aveu.

Sophie ne reniflait plus. Elle prévint qu'il était inutile de lui demander si elle avait vu quelqu'un. Le diagnostic, elle l'avait établi. Elle était névrotique, elle était grosse, elle était folle puisque six mois durant elle s'était envoyé par UPS des fleurs à son nom, qui dit mieux.

Ah oui, tout de même.

Et ce n'était pas fini. À présent, ayant écoulé son budget fleuriste, elle compensait en s'adressant des SMS enflammés qu'elle signait Alphonse de Lamartine, son grand amour d'adolescente. Elle n'en voyait pas le bout. Elle avait bien été approchée par ceux qui aimaient les femmes fortes et originales, mais elle avait envoyé paître tous les hommes qui écrivaient moins bien qu'Alphonse jusqu'à ce qu'il n'en reste plus. Elle avait bien participé aux réunions des Dépendants affectifs, mais là non plus elle n'avait rencontré personne.

Après quoi, dans un silence terrifié dont elle se savait l'origine, Sophie s'était remise à renifler.

Michel a demandé pour rire si Alphonse était son patron et si la Martine était au courant. Du coup, c'est Michel qui s'est fait traiter de brute par les autres mais il commençait à prendre l'habitude.

— Vous n'avez pas de chien ? a demandé Marc très gentiment.

Sophie l'a alors regardé avec une telle gratitude que Marc a dû préciser que ce n'était pas une candidature. Il avait avec lui-même bien assez d'embarras comme ça.

— Moi, j'en ai eu un, intervint Benoît ayant préempté le chiot français.

C'est ce qu'il souhaitait confier, tout à l'heure, avant que d'être interrompu par Marc. Oui, tel que vous le voyez il avait possédé un très beau chien, au regard duquel Super faisait figure de porte-clé. C'était un peu après Sylvie et juste avant Bénédicte. Un terre-neuve, un vrai, qui répondait au nom de Tonneau, noir, étonnant, et capable d'une grande compréhension : je me saoulais la gueule et lui me regardait comme s'il savait, jusqu'à la fin de la bouteille. Benoît précisa, pour les profanes, que le terre-neuve était un chien plongeur qui sauvait les noyés, de fait il ne pouvait rien vous arriver et c'était très réconfortant de se saouler la gueule en compagnie d'un terre-neuve. Mais quand Bénédicte était partie, elle était partie avec le chien, la salope. Benoît s'excusa : quand il abordait le sujet Tonneau, il devenait un peu négatif.

D'accord. Ça nous étonnait aussi.

— Un chien de perdu, dix de trouvés, suggéra Sophie à tout hasard.

— Tu crois ? s'intéressa Benoît.

Si Aldo et Alice n'ont rien à confier, c'est qu'ils ne siègent pas dans ce cercle, que le chiot ils s'en foutent ainsi que des problèmes des autres. C'est jeune, ça ne sait pas.

Aldo et Alice sont toujours à deux sur un transat, Aldo vient de tenter d'embrasser à nouveau Alice qui, en retour, a voulu lui faire part de certaines réserves. Elle se demandait si elle ne devait pas mettre son attirance pour Aldo au compte de l'ivresse. Elle voulait là-dessus l'avis de l'intéressé. Aldo avait la fatuité de penser qu'il pût paraître plaisant à quinze comme à deux grammes et se dit chagriné qu'elle en doutât.

— Non, parce qu'on sait ce que c'est. On rencontre quelqu'un qu'on n'avait pas vu, on essaie de le rendre intéressant, on essaie de se rendre intéressante, on s'aide avec un verre de rhum, puis deux, insistait Alice qui devait bien en être au huitième, et après trois et après trop tard.

— Trop tard pour quoi ? approfondit Aldo.

— Pour s'apercevoir qu'en fait tu ne serais personne, s'entendit-il répondre.

Alice assura aussitôt qu'elle réfléchissait à haute voix, Aldo ne devait pas le prendre pour lui, et tiens ce fut elle qui l'embrassa dans des effluves de menthe et de cassonade qui dominaient nettement celles de cendrier froid.

— J'ai été traité, depuis ça va mieux, merci, concluait plus loin Michel à propos d'une sienne pathologie dont nous ne connaîtrons pas la teneur. Parions sur une phobie sociale.

Après quoi Michel se souvint qu'il devait consulter son répondeur. C'était un message de Sabine l'avertissant qu'elle ne reviendrait pas car elle avait rencontré une vieille connaissance sur la route. Marguerite et Paul ne viendraient pas non plus : l'une avait agressé l'autre avec de la nourriture et vraisemblablement une arme blanche. Marguerite n'avait organisé l'anniversaire de Paul que pour l'informer qu'elle l'en privait, justifier l'achat d'une robe inconvenante et pour le plaisir de pourrir la soirée des autres. Un sommet de perversion que Marguerite, une dingue.

Ayant rapporté ces propos, Michel précisa qu'il ne fallait rien croire de ce que disait Sabine en général, qui aurait couché avec Mick Jagger, par exemple, et partagé à la fac la chambre de Kate Moss. Vous voyez le niveau de crédibilité de l'individu.

Appartement Paul et Marguerite

Marguerite aura mis du temps à comprendre.

On l'aura vue assise dos contre la porte de la salle de bains, à répéter, tu veux qu'on parle, tu veux qu'on sorte, tu veux qu'on parle. Toutes les défaites, à la fin, s'ignorent un moment, espérant encore le secours du dialogue.

On l'aura vue frapper à cette porte, connard, qu'est-ce que tu fous là-dedans, on l'aura même entendue dire, sors de cette salle de bains, c'est la mienne, le loyer c'est moi qui le paie, avant d'avouer qu'elle ne savait plus ce qu'elle disait. On l'aura entendue plus tard proposer à Paul de descendre à l'épicerie de nuit quérir des rochers Suchard, ce qui n'est pas mieux.

On l'aura vue taper des deux poings sur le panneau, finir par se faire mal, dire qu'elle pleurait parce qu'elle avait mal, ce n'est pas pour toi, ça fait longtemps que tu ne me fais plus pleurer. Et pauvre petit enculé encore, plusieurs fois.

On l'aura vue partir vers la chaîne stéréo, lancer à nouveau la piste du «Boxer», très fort, trop, à s'en faire péter les tympans, gueuler laï laï laï laï laï laï longtemps. Puis le souffle enfin coupé, ne dire plus rien.

On l'aura vue entrer ensuite dans une forme de calme froid, celui de la réflexion, de la terreur, va savoir.

On l'aura vue s'en réveiller. Redire à Paul des choses déjà dites, en plus dur.

Paul sera depuis quelque temps déjà sorti de la baignoire. Il aura décidé de s'y laver, tout, les dents, les cheveux. Il se sera rasé cette barbe qui lui était venue un matin et qu'il avait conservée comme une possibilité.

Il quittera la salle de bains, glabre et drapé d'un peignoir sans ceinture. Marguerite ne sera plus devant la porte mais assise au sol, plus loin, dans le couloir. Elle le verra passer en contre-plongée.

Quelques minutes et il passera à nouveau devant elle, cette fois vêtu. Elle ne sera pas sûre de lui connaître cette chemise, lui posera la question. Il dira qu'elle est neuve, qu'il ne l'a pas encore portée. C'est alors qu'elle remarquera la barbe, sa disparition.

Toit de l'hôtel

La vie que Michel mènerait avec Marguerite serait simple, saine, essentielle. Il voyait ça dans le nord de l'Aveyron ou encore du côté de la Lozère, où ces aspects-là ne manquent pas. Une magnanerie restaurée, un are de terrain potager en lisière duquel ils nourriraient un âne ou deux. Ils ne posséderaient pas grand-chose de terrestre. Quelques-uns de ces bols de faïence peinte pour y boire chaque jour une chicorée corsée qui leur apporterait ses vertus hépatiques. Autour d'eux le mobilier serait rare mais suffisant, massif, vestige d'un temps où l'on travaillait le bois comme le pain, par exemple deux armoires lorraines et trois bahuts bretons à chevrons. On y remiserait les tricots, les billets de banque et les draps. Le linge de maison serait peut-être leur seul excès car Marguerite aimait beaucoup ça, le linge de maison. Michel avait prévu d'en avoir plein les armoires lorraines, des mètres de lin brodé qu'il se verrait céder par quelque aïeule totalement ignorante de ce que ça vaut, du drap brodé. Si vous ne les prenez pas, moi je m'en fais des torchons, aurait affirmé la vieille, et tant que vous y êtes, si vous voulez me débarrasser de ces deux prie-Dieu qu'étaient à ma belle-mère, je ne peux plus les voir. Bien sûr que ça existe, des vieilles comme ça. Et il les aurait pour rien, les prie-Dieu, que Marguerite placerait sûrement dans la salle de bains pour plus d'originalité et parce qu'elle est esthète.

— Intéressant, s'amusait André, mais le travail, mais l'argent?

Comment en était-on arrivé à ce stade-là, difficile à dire. Les confidences étaient allées s'intensifiant à mesure que Super changeait de main et que l'on faisait venir du bar des alcools toujours plus astringents. André, qui avait rejoint le groupe, ayant assuré que les consommations étaient désormais pour lui, on n'en consultait même plus le tarif. Ce stade-là correspondait à un Michel en très grande forme, contant par le menu la vie qu'il rêvait de mener avec Marguerite. Oui Marguerite. Marguerite qui méritait mieux que Paul, supplément d'âme ou pas, et dont la constitution fragile exigeait de vivre à la campagne aux côtés d'un homme doux et attentif, ce que Michel se proposait d'être depuis toujours, sans jamais en avoir lâché un mot à quiconque. Enfin jusqu'à ce soir.

Michel parlait, Super dormait, ceux qui pensaient avoir une vie de merde relativisaient, Michel ne s'arrêtait plus. Son récit avait la précision ciselée d'un futur imaginé depuis des lustres dans une solitude amoureuse et très légèrement maniaque.

En réponse à André, Michel confia qu'il ne souhaitait pas que Marguerite continuât de trimer. Mais, de la même façon, il n'envisageait pas de la laisser seule à la maison avec son tempérament et la possible proximité d'une pharmacie. Alors il travaillerait de chez lui. Quelque chose d'essentiel, comme le reste, qui restait encore à trouver. Écrire des lettres pour les gens qui ne savaient pas, par exemple.

— Bien sûr, dit André, ça manque.

Sophie lui fit valoir que de toute évidence Marguerite aimait les chiens. La preuve en la personne de Super. À la campagne, elle en voudra un, question de sécurité. Et les chiens Michel en avait peur, non ?

Michel assura que tout se soigne, surtout quand il s'agit de faire plaisir à Marguerite et d'ailleurs il avait déjà commencé : n'avait-il pas le chiot plissé sur le genou ? Ils auraient donc un chien, pas celui-ci puisqu'il était destiné à Paul et qu'on ne pourra pas le laisser sans rien. Un autre. Qui s'appellerait disons Filou. Et pas Byron ou Actéon comme chez les cons d'ici, parce qu'à Mende un chien est un chien et pas une pratique culturelle. Filou serait grand, affectueux, gueulard, égorgeur de poules.

— Je te conseille le terre-neuve, intervint Benoît.

Un terre-neuve ou un vingt-deux races, qu'importe, Michel ne serait pas regardant question pedigree. Filou pourrait être aussi bâtard qu'il le souhaite, ce serait le futur.

Michel observa ensuite un silence prolongé qui pouvait signifier qu'il était arrivé au terme de ses projections.

Quelqu'un qui voulait connaître la suite offrit bientôt à Michel un je ne sais quantième bourbon.

— Et la télé et la 3G et le Thermomix ? qu'on lui fit remarquer.

Étanché, Michel avoua que la question de la technologie l'avait laissé longtemps circonspect. D'autant plus difficile à décider qu'il ne pouvait consulter Marguerite, elle n'était pas encore au courant du projet. Il avait cependant tranché : va pour les faïences peintes, va pour le lin tissé, mais enfin la télévision, c'est une chose de ne pas la regarder, c'est autre chose de ne pas la posséder. On ne pourrait dédaigner les grandes retransmissions populaires, ce serait pédant et pas du tout dans l'esprit recherché. La fonction cérémonielle de la télévision, signala doctement le conteur, j'y tiens. Les matchs de Ligue 1, les élections aux États-Unis et au Vatican, les funérailles de Jean Rochefort, on regarderait ça. Pour le reste, un grille-pain ferait l'affaire. Concernant la vie sociale, Marguerite et Michel recevraient les neveux de celui-ci chaque été, vers la Saint-Jean, de manière que ces gosses de riches apprennent à distinguer un hêtre d'un sapin, à ne pas craindre, dans les champs, le galop des génisses. Quoi d'autre. Des ruches, évidemment, pour le miel. Du miel de tilleul qui cristalliserait dans les pots comme l'eau dans les canalisations ne manquera pas de le faire, dès novembre. La vie quoi. Oui André ?

André désirerait que soit à présent interrompu ce récital de poncifs et de saints du calendrier, il allait se sentir mal. Il fallait l'excuser, ce qu'il détestait plus encore que les agences de notation, c'étaient les réactionnaires. Il ne disait pas ça pour Michel en particulier, attention. Mais franchement, il fallait arrêter avec la nature, le miel et toutes ces conneries. Le miel, c'est du sirop de glucose avec du colorant et les champs se vendent comme des petits pains, quarante mille euros l'hectare, aux sociétés de retraitement qui enfouissent les déchets industriels, réveillez-vous les gars.

Michel pria André de ne pas faire circuler à propos des déchetteries souterraines de telles suppositions, aussi fictives qu'invraisemblables. Les gens risquent d'y croire, ils n'iront plus aux champignons et ce sera encore ça de perdu.

André dit que personnellement ça lui coûtait cent euros la tonne de faire enterrer ses poubelles, un demi-million par an, tu parles d'une supposition. Quant à voir Jean Rochefort enterré en direct à la télévision mais dans quelle France vous vivez ? Michel Drucker à la rigueur. Et encore, il n'en mettrait pas sa main à couper.

Où diable voulait-il en venir, le clandestin ?

Michel réalisa. Mais bien sûr. Le type tentait de lui souffler son public en appliquant maladroitement la méthode même que Michel se flattait d'avoir inventée : susciter par de grossières provocations, en général de droite, les conditions d'une controverse. L'auditoire avait été trop durement acquis, Michel s'éleva. De quoi je me mêle, fit-il valoir à son concurrent, dans un registre inhabituellement aigu. Si encore on vous avait invité, vous n'êtes pas le patron ici, allez voir à votre gueuleton de comité d'entreprise si nous y sommes et si vous manquez encore de copains, poussez jusqu'en Belgique.

— Ah c'est comme ça, dit André.

Et se levant sur ces mots, il disparut dans la nuit.

— Non mais dis hé ho, résuma Michel. Donc. Où en étais-je ?

Hôtel, niveau inférieur

Contre toutes conjectures, Ariel et le spécialiste de la mâchoire ne sont pas sortis se battre dans la rue. Ils se sont battus sur place, semble-t-il. Le médecin a vidé les lieux et Ariel, affalé sur une chaise, saigne du nez dans une serviette en papier. C'est vrai qu'on peut saigner du nez pour quantité de raisons autres qu'un direct du droit, telles que fragilité du réseau vasculaire, accès de trouille, mais souvenons-nous qu'Ariel avait évoqué une déviation de sa cloison nasale. Et on se met à la place du spécialiste. Il n'aura pas pu se retenir. Il la lui aura redressée.

Le salon dit Séminaire s'est vidé de son contingent, reste encore quelques salariés qui n'ont personne à rejoindre nulle part ou qui, venant de province pour l'occasion, en profitent pour prétendre ne pas être mariés auprès des jeunes recrues du secteur commercial. Et parmi eux, cette femme en bleu. Elle considère Ariel qui n'est pas beau à voir. Elle se dirige vers lui, Ariel perçoit d'abord une forme azurée qui, en s'approchant, se transforme en un mètre soixante-dix très joliment proportionné. Ariel n'a pas l'air trop étonné, il sait quand il plaît. Il l'a déjà dit, mais reconnaissons qu'on l'a pris alors pour un de ces érotomanes comme on en voit parfois dans son métier. Cette fille à qui il plaît vraiment lui propose un vaporisateur de Stérinase issu de la vasque en verre. Il se trouve que c'est un spray vasoconstricteur, il se trouve que c'est fait pour ça, traitement local de l'épistaxis bénigne où saignement du nez. Il se trouve que c'est elle qui l'a conçu. Ariel sourit, il a du sang plein les dents, il dit, vous êtes scientifiquement belle. Elle répond, Élisabeth, bonsoir. Il dit, bonsoir, Ariel. Elle dit, Ah le. Il dit non, qu'il lui ressemble en effet, mais non, ce n'est pas lui. Je préfère, dit Élisabeth. Et posant avec une douceur de fée infirmière la main sur le front du blessé, elle lui fait doucement basculer la tête en arrière, histoire de lui introduire le vasoconstricteur où il faut.

Vous vous dites que c'est un peu fantastique cette histoire d'infirmière bleue. Qu'on pourrait tout aussi bien s'être égaré dans la tête d'Ariel, lequel serait en réalité allongé sur le trottoir des suites d'un tabassage en règle par un chirurgien sorti de ses gonds. Qu'on serait alors juste en train de partager avec lui un de ces rêves comateux impliquant classiquement un esprit féminin serviable et bien roulé, tandis que les clients sortant de l'hôtel fouleraient d'Ariel la médiatique défroque en disant voilà où ça mène, sans jamais songer à lui porter assistance. C'est une hypothèse, en effet. Peut-être un peu sombre. Peut-être un peu naturaliste pour l'époque.

Hôpital de Lariboisière, Paris

Eh bien, prenons des nouvelles de Rose pour changer. Comme prévu, Rose aura été déchargée à l'entrée de nuit de l'hôpital de Lariboisière. Ce n'est pas que ce soit le mieux fréquenté, c'est que les urgences ORL, spécialité dont relève le problème de Rose, s'y trouvent à Lariboisière, entre le boulevard Magenta et celui de la Chapelle. Rose aura débarqué dans le hall, debout sur ses deux jambes, sans effusion de sang, sans rien dans son propos qui puisse laisser envisager quelque delirium tremens. Ce sera là sa principale erreur : toujours présenter un caractère prioritaire, toujours. D'une voix tussive, elle aura expliqué qu'elle conservait depuis près d'une d'heure, à mi-chemin de la gorge et de l'œsophage, l'arête aiguisée d'un poisson de mer. On l'aura enregistrée, on lui aura pris le pouls en vertu de la procédure. Une infirmière ayant de l'entregent lui aura dit, ma pauvre, une arête dans un anchois, ce doit être aussi courant qu'une perle dans une huître, vous n'avez pas de bol. Et comme à l'absence de bol pouvait précisément se résumer toute la vie de Rose, Rose se sera sentie comprise et aura éprouvé un mieux. Elle aura voulu partir. On lui aura dit, ça ne sera pas long et puis vous avez été enregistrée, n'allez pas nous mettre le bazar dans les fichiers d'admission. Et Rose se sera assise où on lui aura dit de s'asseoir. Encore une chose qui pourrait suffire à définir la vie de Rose.

À partir de là, Rose attendra. Il sera dans les vingt-trois heures, minuit. Elle en prendra plein la vue. Rendez-vous aux urgences un samedi soir pour comprendre un peu ce que ça veut dire.

Viendront comme ça trois heures du matin. On invitera Rose à se déplacer, on lui désignera une chaise placée devant une porte censée s'ouvrir, dans pas longtemps, sur la salle examen ORL. Ça devient bon, songera Rose.

Rose attendra et, tandis qu'elle attendrait, elle serait prise d'une démangeaison. Quelque chose lui brûlera le corps et la rétine, elle se grattera au sang. Viendront quatre heures du matin. Un chirurgien ORL arrivera pour remplacer le précédent chirurgien ORL dont Rose n'aura pas fait la connaissance. Il verra avant elle quelqu'un qui sera arrivé après mais qui aura mangé du verre, probablement une ampoule électrique, contraint par quelqu'un d'autre, le même qui, pétri de remords, l'aura conduit ici. Rose attendra encore. Assis auprès d'elle, un homme avec un pansement sur la gorge lui expliquera qu'il vient ici se faire désinfecter une vilaine plaie. Une infirmière s'adressera à cet homme : monsieur Malagris, je vous avais dit plutôt le dimanche matin pour faire changer votre pansement, le samedi soir, il y a trop de monde. Monsieur Malagris dira que c'est justement ce qui l'intéresse, voir du monde. Rose apprendra de monsieur Malagris que, sous le pansement, il y avait eu une tache de naissance. Il y a désormais un trou parce que cette tache il ne pouvait plus la voir.

— Mais, dira Rose.

— Je l'ai enlevée, la tache, coupera triomphalement monsieur Malagris.

— Mais, retentera Rose.

— Avec une lame de rasoir, coupera encore monsieur Malagris, devant avoir l'habitude de toutes ces questions.

— À nous, dira enfin le chirurgien, paraissant dans l'encadrement de la porte.

Il sourira à Rose. Il dira, je vous en prie en la précédant dans le cabinet d'examen. Il confiera pour bavarder, pour mettre à l'aise, qu'il arrive droit d'une sauterie mais qu'il n'a rien bu, rassurez-vous. Rose parlera de l'anchois. Le médecin, ça l'amusera : il y en avait aussi des anchois au buffet de son cocktail, entre autres désagréments. Il illuminera la gorge de Rose, il dira, effectivement, il vaporisera un anesthésiant local, il ira d'un instrument télescopique. Il dira bon, je l'ai pétée votre arête, il vous en reste la moitié, mais ce n'est pas grave. Elle va tomber toute seule, faites-moi confiance. En revanche votre dermatite, c'est beaucoup plus grave.

Car Rose sera désormais couverte de papules.

— Vous êtes allergique à quelque chose ? dira le diplômé.

Elle dira, rien sauf le chlore. Il lui apprendra qu'en ces lieux, le chlore, on en respire en permanence, on l'utilise massivement, c'est obligatoire, les germes, vous comprenez, les mesures sanitaires, la désinfection. Je vais vous donner un antihistaminique, quelque chose de costaud, évitez de prendre le volant avant quarante-huit heures, si vous pouvez restez couchée. Sachez pour la prochaine fois, les arêtes tombent toutes seules, il suffit d'attendre.

Rose promettra de s'en souvenir, ça ne devrait pas être difficile.

Rose sortira vers les six heures avec une demi-arête, une dermatite virulente, elle aura gagné une ampoule d'Intercron et quelques nouvelles certitudes : on ne va pas aux urgences un samedi sauf hémorragie, l'aube de juin vaut la peine d'être vue, même gare du Nord. Rose ne sera pas très étonnée de tout cela, elle n'a en général ni chance ni malheur. C'est par exemple quelqu'un qui n'a pas passé le bac à cause d'une panne de métro, Rose. Qui à part ça jouit d'une bonne santé et dont la mère est en vie, alors l'un dans l'autre, ça va.

Après on imagine que Rose sera rentrée chez elle.

Aussi bien, elle aura pu traverser le boulevard sans regarder, shootée qu'elle était aux vapeurs de chlore ou rêvant du chirurgien, et croiser un bus qui ne regardait pas non plus. Ce serait tout à fait Rose.

Toit de l'hôtel, loin dans la nuit

Il n'était pas question de passer la nuit sur cette terrasse, la chose allait de soi pour tout le monde, mais allait encore mieux en le disant.

— On ne va passer la nuit sur cette terrasse, si ? se dévoua donc Marc.

Chacun s'ébroua, constata l'heure, s'étonna. Effectivement, il s'agissait de libérer les lieux si on ne voulait pas s'attirer à nouveau les foudres du patron. Encore que personnellement on ne serait pas contre une irruption de l'individu un peu orageuse, façon tonnerre de Brest. On pourrait aussi bavarder de choses et d'autres à la faveur de la fermeture, faire la caisse avec lui et pourquoi pas récupérer un numéro de portable.

Se posa alors la question du destin de Super. Arguant de son expérience, Benoît revendiqua sa tutelle. Michel objecta que le fait d'avoir possédé Tonneau et de ne pas avoir été foutu de le garder ne constituait pas Benoît en profil rassurant. Super, il suffisait de le regarder, était un petit être délicat, potentiellement maladif, qui demandait une certaine surveillance. Il ne s'agissait pas de le laisser toute la sainte journée devant la télévision à regarder un berger allemand collaborer avec la Polizei, bonjour l'exemple. Ce que je veux te dire, précisa Michel, c'est que toi aussi tu demandes une certaine surveillance, je te connais. Alors tu vois le problème. Il serait aussi bien avec moi.

Benoît n'était pas d'accord, soutenant que Michel n'avait fait dans la vie que fatiguer son entourage, tu vois de quoi je parle. Non Michel ne voyait pas, mais alors pas du tout. Benoît précisa que depuis toujours les gens, au contact de Michel, s'ennuyaient : il n'y avait pas de raison que ça ne se reproduise pas avec Super. Tu vas, conclut Benoît, nous le rendre neurasthénique.

Michel estima que c'était la meilleure. De la part de quelqu'un qui de son propre aveu buvait tout seul, c'était vraiment la meilleure de l'année.

Dès lors, ils se proposèrent de se battre et aussitôt s'y attelèrent. Or aucun d'eux ne s'étant jamais battu, ils ne savaient par quel bout prendre l'affaire et, debout, genoux pliés, jambes écartées, se limitaient à se regarder fixement, ainsi qu'il est recommandé de le faire dans les films de Sergio Leone. Dardant sur Michel des yeux clint-eastwoodiens, Benoît le premier engagea sur sa gauche un mouvement latéral tout en infléchissant très légèrement sa trajectoire vers l'avant. Michel le suivit, opérant à peu près le même mouvement sur sa gauche à lui. Benoît avança sur son axe. Si bien qu'à la fin ils tournaient en rond sur un périmètre allant en se rétrécissant peu à peu, les aurait-on laissés faire qu'ils auraient fini par se toucher, question de géométrie. La chose devenant grotesque, Sophie se fit la voix d'un certain réalisme : tout ça pour un chien qui, de surcroît, avait été offert à Paul. La question de sa propriété était donc contractuellement réglée, inutile de se taper dessus.

Michel et Benoît, désormais stabilisés à quinze centimètres l'un de l'autre, convinrent que ce n'était pas faux. Privés de motif belliqueux, ils redevinrent amis. Michel conserverait pour la nuit le carton à chapeau contenant Super et livrerait chez Paul, demain matin, le bouledogue, son habitat et le nœud autour. Ainsi reprogrammé et à moins que l'hypoplasie n'ait raison de Super dans la nuit, la surprise serait tout aussi parfaite. Excellent, approuvèrent les autres.

Alentour l'équipage repliait aimablement les transats, avec un silence de personnel qui aurait envie d'aller se coucher, promenait des clients vers la sortie, des regards tout aussi aimables, éteignant aimablement les lampions un à un, de sorte que l'on se serait trouvé dans la nuit sans le vert et luisant panneau «sortie de secours». Puis les serveurs s'allèrent poster à l'entrée afin d'y tenir aimablement la porte. On s'y dirigea en file indienne, on remonta le couloir du douzième étage, s'étonnant à peine de trouver ses effets en vrac devant une porte, encore un coup de ce personnel inqualifiable. On regagna par voie d'ascenseur le plancher des hommes. Sophie constata qu'il était encore tôt. Irait-on boire un verre ailleurs, allait-on se quitter si brutalement ? Michel représenta qu'il ne tenait pas à balader son carton à chapeau n'importe où, le bruit, la fumée, et puis le carton pourrait être bousculé. Le mieux serait encore de prendre un verre chez lui ? Il était à deux pas, code AB46, premier étage droite, c'était vraiment à cinq minutes. Ce qui rappela à Sophie qu'elle déjeunait avec sa mère le lendemain, elle voulait avoir un peu dormi avant d'affronter la vieille. Ce qui fit penser à Marc qu'il devait avec la sienne assister à la messe, ou encore jogger à Boulogne, enfin il avait quelque chose à faire de bonne heure. Quant à Benoît, il avait des projets dans l'immédiat : se rendre à la sortie d'un certain hôpital afin d'attendre quelqu'un qu'il ne voulait plus manquer. Et commandant un taxi chacun pour sa gueule, on se souhaita la nuit bonne pour ce qu'il en restait.

Ainsi Michel se trouva-t-il planté au beau milieu de la réception, tel un végétal solitaire. Platane, palmier ou cactus mexicain pourrait-il lui-même s'interpréter en ajoutant ce qu'il faut de références érudites. Il ouvrit le couvercle du carton, sourit à Super. Ce qu'il n'a pas dit, c'est qu'il ne le rapportera jamais, ce chien. Il racontera qu'il s'est sauvé. C'est simple : Super aura aperçu, à la faveur de l'œillère pratiquée dans la boîte, une jolie chienne d'un milieu social inférieur. Bondissant hors de son emballage, il lui aura coursé le train en petit con d'aristocrate qu'il est. Michel dira avoir jeté ses dernières forces dans la poursuite, mais il ne l'aura jamais rattrapé, et Super sera devenu chef de meute vers Stalingrad ou Château-Rouge. Il sera très peiné d'expliquer ça à Marguerite, une femme distinguée incapable d'imaginer quelle jungle c'est, Paris. Voici le récit que projetait Michel quand le Viking vint lui taper sur l'épaule. Il en a de la chance, Michel.

— Ah pardon, dit Michel, c'est vrai que je partais sans vous saluer. Merci, c'était génial. J'ai adoré chez vous.

— Tant mieux, dit le Viking, vous êtes le dernier ?

— Oui, dit Michel qui s'attendait à un brin de conversation, voire une coupe de champagne et se vit remettre un petit portefeuille de maroquin noir.

— En espèces de préférence, stipula le patron et, tournant aussitôt les talons, il laissa, comme les autres, Michel dans un désert.

Michel entrouvrit le portefeuille et put ainsi apprendre que trente-cinq mojitos, huit perroquets, dix-neuf sauvignons blancs, onze chardonnays, cinq black russian, deux bouteilles de whisky, une de vieil armagnac, deux bloody mary, un John Collins, quatre tequilas sunrise, cinq nectars de fruits, et j'en passe, correspondaient très exactement à deux fois et demi le loyer de son trois-pièces à Gambetta. Et que quelqu'un d'autre que lui appréciait les bloody mary et qu'il avait raté ça.

Extérieur nuit

Paul atteint au niveau – 1 d'un parking déjà connu une épave qui est sienne, de marque Citroën, déjà vue également. Il jette sur la banquette arrière un bagage de belle facture, de fabrication tout aussi française et propriété de Marguerite. Mais c'était ça ou un sac US et, passé quarante ans, se tirer avec un sac US, Paul a estimé la chose inepte. Il monte à l'avant, démarre aussitôt car il n'attend personne et pour le moment ne regrette rien. Il démarre bien. Un démarrage sans accroc, souple et réussi, typique d'une nouvelle vie, pas de problème de démarreur, ou de courroie, ou que sais-je. Pas de problème de ticket de parking non plus.

Un appareil radiocassette en état de marche agrémente l'habitacle et de cet appareil Paul retire un parallélépipède semi-rigide, de taille équivalant celle d'une cassette audio. En l'espèce un paquet de Marlboro même pas light, aplati, défoncé, de ce marketing sobre et démodé qui avait encore la politesse de vous épargner une photo d'œdème pulmonaire au stade quatre. Paul extirpe une cigarette, se l'allume avec une classe incontestable. Se fait alors entendre un râle profond, un râle qui pourrait venir du moteur de la Citroën et augurer de graves problèmes techniques s'il n'émanait de Paul. C'est celui d'une satisfaction neurologique, organique, phénoménale. Paul n'a pas fumé depuis trois ans.

Il parcourt d'est en ouest et vitres ouvertes trois kilomètres cinq de bitume dégagé dans un Paris délicieux à vingt-deux degrés. Bientôt, il trouve sans même la chercher une place rue de Charonne, du côté des numéros pairs, une place parfaitement légale et de taille adéquate qui n'exige pas du conducteur d'être un virtuose du créneau, juste deux, trois coups de volant un peu adroits et toc. Il éteint le moteur tranquillement, tranquillement allume le plafonnier car il fonctionne. Tout cela se déroule merveilleusement, trop, si bien qu'on s'attendrait à voir survenir une difficulté, par exemple une explosion de batterie. On dirait tiens, ça c'est un coup de l'alternateur, ou un problème dans le mélange hydrogène-oxygène, un truc comme ça. Ce n'est pas que ça nous intéresse plus que ça, la mécanique automobile. C'est façon de laisser à Paul le temps de s'en griller une deuxième et de passer un coup de fil personnel.

— Je l'ai fait, dit-il plutôt fier, dans un combiné cellulaire. Je suis en bas de chez toi, ma princesse, je monte.

Hôtel, suite 112

Enfin Aldo et Alice, rien moins que dans une chambre, allongés sur la moquette, occupés à commenter le plafond où se résument graphiquement les exploits de Spiderman. Proposition à l'acrylique ô combien maladroite d'un certainement jeune et arrogant décorateur, désapprouve Aldo, qui se demande si l'on a songé deux secondes à l'inconfort du client. Il doit se sentir invité à soutenir la comparaison, le client, de fait il perd ses moyens, s'en vexe, au matin se plaint à la réception qu'on lui impose tant de mauvais goût, on le change de chambre, prenez la 116 qu'on lui dit, mais le ciel de la 116 présente sûrement les pitreries de Superman ou de Wolverine, le client change d'hôtel et encore un client qu'on ne reverra plus, suppose Aldo, agité d'un rire nerveux. Alice, une chouette fille décidément cette Alice, rappelle alors que Spiderman n'est un fantasme pour personne après quinze ans et demi, que le jeune décorateur aura davantage voulu plaisanter qu'embarrasser le client, que l'on devrait se détendre.

Comme il vous a expédié ça, Aldo. Il a loué une chambre et la fille y est déjà. Ces Italiens.

Sauf qu'Aldo, en plus d'être né en Moselle il l'a dit, n'a pas autant de suite dans les idées, surtout à cette heure. La chambre Spiderman, titulaire du numéro 112, est mise à disposition pour toute location de la terrasse : Aldo a simplement de la chance. Cependant, la 112 servant de vestiaire aux invités, ceux-ci ne devraient pas manquer de déranger, au motif de récupérer leurs effets. Là où Aldo est peut-être plus réactif que la moyenne, c'est qu'il a déplacé l'ensemble desdits effets dans le couloir. Devant la porte. En tas.

Pour le moment, Alice avoue encore quelques réticences. Ce n'est pas exactement ce qu'elle avait prévu pour ce soir. Aldo avait-il, lui, prévu tout cela, quelle que soit la fille ? Elle en serait mortifiée, elle rentrerait chez elle. Aldo dit qu'au départ il était venu à cette soirée sans intention aucune, pas même celle d'y rester.

Alice voudrait aussi préciser ce qu'elle n'est pas, une de ces paumées d'aventurières toujours prêtes à se mettre en danger ou à poil, persuadées qu'elles pourraient changer de vie dans une chambre d'hôtel. Alice est vraiment du genre à tout dire. Aldo le lui fait observer, c'est rare cette franchise. Alice voudrait savoir si ça le dérange, auquel cas la porte est là.

— Absolument pas, s'empresse de mentir Aldo.

— Bien, dit Alice, se redressant, se déchaussant, s'allant boucler dans la salle de bains.

Bientôt imperceptibles bruissements d'étoffe, puis, clairement audible, fracas de l'eau sur la céramique du receveur de douche.

Vautré sur la literie anglaise, Aldo évite de regarder Spiderman. Il songe à ce que la prévoyance des femmes lui réserve. Raffinement de dentelle, épilation récente, peut-être un léger gommage à la fleur d'oranger ou la bonne fortune de ne pas découvrir quelque piercing placé de manière à blesser le partenaire. Les piercings, c'est le côté loterie de l'affaire, on n'est jamais trop préparé.

Ces songeries ne nous l'occupent finalement que peu de temps, c'est aussi qu'elles le plongent dans un état d'incommodante fébrilité. Il se fait alors lecture d'une carte des prestations informant de la consistance du petit déjeuner, continental ou britannique, servi jusqu'à dix heures, au cas où l'on dormirait sur place bien sûr, lecture on ne peut plus sédative. De là, il se déplace vers la fenêtre et inspecte le parking, ce qui nous fait penser qu'il y a stationné sa voiture. On le verrait bien posséder cette antiquité beige, garée n'importe comment, immatriculée dans le 78 et qui doit être une de ces Renault en voie d'extinction, de type 19 ou 21.

Et puis Alice émerge de la salle de bains, enveloppée d'un bref peignoir blanc et d'un nuage de buée tout à fait enchanteur. La naissance de Vénus en plus couverte ou encore un oiseau dans un nid de coton. Le chef enturbanné d'une serviette en éponge s'élevant en cône au sommet de sa tête, elle a dans le même temps des allures de princesse égyptienne. Cléopâtre avec un plus petit nez. Nous parlons évidemment du point de vue d'Aldo, ces comparaisons simplettes lui appartiennent et ne présagent rien de bon. C'est un peu trop pieux pour les circonstances, si vous voulez mon avis. Encore un peu, il va voir une licorne et il se sera cassé la baraque tout seul, sans l'aide de Spiderman. Bien sûr, Aldo parlerait lui-même s'il ne s'était bloqué la mâchoire en position ouverte. Alice nous informe candidement que, partie pour un raccord maquillage, elle s'est laissée tenter par une douche, les jets sont hydromassants, tu devrais venir essayer, c'est quelque chose.

Aldo ne sait quoi faire, quoi dire. Voilà un type à qui l'on propose de l'escorter sous la douche et qui ne bouge pas.

Alice attend un moment sans avoir l'air d'attendre, art venu du fond des âges et qui ne s'apprend pas. Elle s'assoit au bord du lit, dénoue la serviette. S'échappent en flots lourds les boucles humides et ce parfum d'ambre que l'on commence à connaître. C'est pratiquement le même pour tous les shampoings d'hôtel.

Un téléphone sonne nulle part.

Aldo dit, ce n'est pas le mien, ce qui lui permet de dire quelque chose.

Alice dit que c'est le sien mais qu'il va s'arrêter.

Et comme cela sonne à nouveau, Alice en soupirant décroche.

Elle dit non, tu ne montes pas chez moi, d'ailleurs je n'y suis pas et pour la dernière fois, s'il te plaît, Paul, tu m'oublies.

DU MÊME AUTEUR

Aux Éditions Gallimard

AVANCER, 2012.

ROME EN UN JOUR, 2013 (Folio n° 6057). Prix Erckmann-Cha-
trian 2013.

CHAMPION, 2015.

Composition Dominique Guillaumin
Impression Novoprint
á Barcelone, le 23 décembre 2015
Dépôt légal: décembre 2015

ISBN 978-2-07-046814-0. / Imprimé en Espagne.